加賀の狂歌師　阿北斎

綿抜豊昭著

目次

加賀の狂歌師　阿北斎

はじめに

かつて学校教育で、「化政文化」を学習した。「化政」は、元号「文化」「文政」を合わせた略称で、文化・文政期は、西暦でいえば一八〇四〜一八三〇年にあたる。化政文化は元禄文化と対比され、元禄文化が上方の裕福な町人の文化、化政文化は江戸の庶民の文化と説明された。この文化における文学関係者では、十返舎一九（一七六五〜一八三一）、滝沢馬琴（一七六七〜一八四八）、小林一茶（一七六三〜一八二七）などの名があげられていた。今思えば二項対立的に語られ、わかりやすい説明だった。

では、上方でも江戸でもない加賀地方は、化政期、どのようであったのだろう。この時期の文学関係者を見渡すと、これまでほとんど注目されなかったが、堀越左源次（一八二四年没、六十四歳）という狂歌作者がいたことに気が付く。しばしば加賀の文化は、〈謡〉〈茶の湯〉〈食〉の「三道楽」が語られるが、本業をつとめるかたわら、これらの道楽を嗜み、楽しんでおり、そうした生活の中で、多くの狂歌を詠じ、「阿北斎雀翁」と名乗った。別に「陀楽斎」などとも名乗っている。当時の狂歌作者の号は、〈雅〉に付けるものではなく、謙虚に、卑下して付けることが多く、左源次もそれにならい、「阿北斎」は「青臭い」さらには「阿呆くさい」の意で名乗ったのだろうし、加賀では「馬鹿」のことを「だら」といい、「堕落」も掛けて「陀楽斎」と名乗ったのであろう（この他にも号があるので、本書では原文の引用の場合を除き「左源次」で統一する）。さらにその家集を『邪々無邪集』と題しているが、「邪々無邪」は加賀方言で「だいなしなもの」という意味だそうである。

『邪々無邪集』は刊行されていないものの、その写本は、加賀地方の狂歌作者の中で最も多い、といってよいと思われる。もし、その多さが需要のあったことを示すものならば、当時の加賀地方の文化を考えるうえで、左源次の狂歌は看過できないのではないか。どのような狂歌が受け入れられたかをみておくことは、当時の人たちの嗜好の一端を垣間見ることにつながろう。

左源次の伝記等を明らかにされた中屋隆秀氏は（注）、左源次の狂歌を、①名所旧蹟、②練甲の門人から細工所建設の協力を求められて、③狂歌を詠みし時、④仏道・

出家者との交わり、⑤交際、⑥永年勤務の報奨、⑦愛別離苦、⑧彫刻を余技とする、⑨茶湯を楽しむ、⑩謡を楽しむ、に分類して翻刻もなされている。

本書は、中屋氏と重複するところもあるが、少々異なる視点で左源次の狂歌を分類し、狂歌に若干の解説を試みる。そして加賀化政文化の中で「狂歌」はどのような存在だったかについて述べたいと思う。

なお、左源次の狂歌集は、伝本が複数ある。本書は、金沢市立玉川図書館近世史料館に所蔵される十一点の写本と同館所蔵『政隣記』の中から左源次の狂歌を選び採った。写本によって本文等が異なるものがあるが、成立事情や狂歌の意味がわかりやすいと思われるものを採用した。また、読みやすくすることを目的に、漢字におきかえるなど適宜表記をあらためるなどした。

（注）「資料『加賀の狂歌師堀越左源次（阿北斎・雀翁）とその一族』」（『石川県郷土史学会々誌』三十九号、平成十八年十二月）、「同（その二）」（同四十号、平成十九年十二月）、「同（その三）」（同四十五号、平成二十四年十二月）。

1　狂歌について

はじめに、狂歌について、自分がどのように捉えているかを述べておきたい。

狂歌とは、形式的には五七五七七という三十一音で成立するという点において、勅撰和歌集の四季や恋の部などに採録されるような伝統的な和歌と同じである。異なるのは、内容や用語である。また掛詞等、同じ技法を用いるが、和歌の技法よりも狂歌のそれは言語遊戯的な性格が色濃い。伝統的、雅な和歌であったら、そのような内容や言葉は詠まない、そのような技巧は用いないということを意識して、言語遊戯としての出来映えを、自分は評価の基準としている。

伝統的和歌との差異が少ないものを「雅な狂歌」として評価される方もおられようし、大きな差異があったほうが独自性があると評価される方もおられよう。私自身は、「文芸」として位置付ける場合は、表現の継続性から和歌的上品さを持つものに、また「文化」として位置付ける場合は、その時代性がよくうかがわれることから機知と滑稽味が豊かなものに重きを置いている。

内容に関しては、「狂歌は江戸時代半ばに流行した、風刺や皮肉を詠んだ歌」といった解説がみられる。例えば

越前の大主近年御難渋、下々より御借上の金銀、御利息だも御返なく、依て
　下々の者、噂しけるを、ある僧とりあへず
殿様は借銭たんの寝釈迦なり　利目連そんじゃ阿難と加葉

などは、それにあたろう。左源次の狂歌も、風刺や皮肉を詠んだものと解釈できなくはないものもある。

しかし、自分は、狂歌は「卑近で通俗的な機知、滑稽を詠んだ歌」が主であると考えている。『政隣記』文化元年（一八〇四）の巻末にある雑書からの備忘録に以下のごとくある。

長大隅守殿家来給人横田久大夫衆好数年之内、或方ニテ松之梢ニ天女天下リ候所を指竿ニテ人々指ムト欲スル、依之讃ヲ乞レニ、和歌ハ難詠ニ付、左之通リ狂歌ヲ書遣之候也。
　松高き天津乙女を指てくりよしてくりよとこそおもひあかりつ

伝統的和歌では詠みがたいが、狂歌なら詠むことができるものがあったことがわかる。それは「卑近で通俗的な機知、滑稽」である。

左源次の狂歌は、社会体制の有様を批判的に風刺したものはなく、その狂歌において「世の中」は戦火のない、平和な「御代」である。そして多くは人間関係を円滑にするためのコミュニケーションとして詠まれている。あえて皮肉を旨として人間関係を悪化させているようには思われない。

あくまでも憶測に過ぎないが、当時の加賀の人が、世の中を風刺したり、皮肉を述べたいときは、その一つとして「噂」を用いる。『政隣記』寛政十年（一七九八）の巻末にある雑書からの備忘録に以下のごとくある。

前月下旬川除方御用懸り与力西川是助、右御用序ニ堀川辺住吉社参致し下向之後ヨリ、老女声ヲ懸、私発句仕候間、御脇可被下ト

冬の野や吹かれ行身の風寒し　老女

つらなる草に暫しおく霜　西川

世の中はおかしき事に隙取て　老女

右第三之後老女之姿見失ひ候ト云々、是虚説附会之説ニテ可有之候得共、於金府実説トテ専流行之話之由告来

「老女」の発句は「自分は貧乏」、第三句は「今の世の中はおかしい」と暗にいっているのではないか。インターネット上の発言と同じで、噂は、匿名とすることができる。

さて、狂歌の技巧としては、主なものとして

①縁語、掛詞などの技巧

②人のよく知る和歌、歌謡、成語など既成のものを踏まえて、それをもじる技巧

の二つがあげられる。むろんどちらもかねる狂歌もある。

まず前者の例を左源次の狂歌の中からあげると、

旅住の虫の音

さびしさに人まつ虫の旅住まへ　棚から我もちんちろり出す

がある。技巧として「まつ」に「（人）待つ」と「まつ（松）」を掛けていることがまずあげられる。さらに「ちんちろり」がもう一つの掛詞である。松虫が「ちんちろり」

と鳴くということは、文部省唱歌「虫の声」にも引き継がれているので、よく知られたことであろうか。また「ちんちろり（ん）」には、「残り少なくなった徳利の酒を注ぎ終わるときの音」という意味と「サイコロを用いた賭博ゲーム名」という意味がある。寂しくて、人恋しいので、それをまぎらかすために、棚から、お酒を取り出したのか、サイコロを振り入れる茶碗等を出したのか。ここでは、左源次はお酒好きなので、前者と考えておく。いずれにしても、上句で雅な世界を描き、下句では、伝統的和歌には詠まれない、俗な世界に転じ、滑稽味のある狂歌となっている。

さて、もじりの例として次のものがある。

半土用むして暑気たへがたきを詠めと云へるなり

半土用衛士のたく火かよるはむし　昼はにへつつ物をこそ思ひ

御垣守

↓半土用

『小倉百人一首』所載の和歌をもじったものである。

衛士のたく火の　↓衛士のたく火か
夜はもえて　↓よるはむし　↓夜、寄るは虫　夜は蒸し
昼は消えつつ　↓昼はにへつつ
物をこそ思へ　↓物をこそ思ひ

「よる」に「夜」と「寄る」を掛け、「むし」に「虫」と「蒸し」が掛けられており、もじり、掛詞ともによくできている。今一例あげる。

唐笠を借りて返す時
からかさをかりほの庵の友のかげ　わが衣手は露に濡らさず

これも『小倉百人一首』所載の和歌をもじったものである。

秋の田の　↓からかさを
かりほの庵の　↓かりほの庵の
苫をあらみ　↓友のかげ

わが衣手は　　　　　→わが衣手は
露に濡れつつ　　　　→露に濡らさず

先の狂歌はもじりと掛詞が技巧であったが、この狂歌は、もじりに加え、もと歌にあった「の」音の繰り返しに加え、「か」音を繰り返しているところに技巧がある。「なぞなぞ」という遊びがあるが、狂歌も似たところがある。狂歌を〈詠む人〉には、こうした技巧を詠み込む知的な楽しみと、〈読み手〉に「この技巧がわかるか」という挑戦的な楽しみがあり、〈読む人〉には、こうした技巧を読み解く知的楽しみがあった。

2　左源次とその家族

左源次については、「はじめに」で述べたように、すでに中屋隆秀氏が、その伝記を明らかにされている。以下、それを参照し、住んでいた地や家族について詠じた狂歌をみていきたい。

【住んでいた地】

左源次は、藩で必要とされる壁塗りの土を採集したり、左官の棟梁を勤める「御壁塗」の御用をつとめた「堀越家」の六代目である。天明八年（一七八八）二月に御切米三十俵で召し出されて以後、次のように加増されている。

寛政三年（一七九一）十二月	十俵加増	三十一歳
享和三年（一八〇三）四月	十俵加増	四十三歳
文化十三年（一八一六）十二月	十五俵加増	五十六歳
文政六年（一八二三）十二月	新知九十石拝領	六十三歳

また、次の狂歌により、藩から上下（裃）を賜わったことが知られる。

御上下（かみしも）拝領の時
上下のたけはば広くゆつくりと　身に余りぬるありがたさ哉

中屋氏は「永年勤務の報奨」とされている。拝領の裃が左源次の身より大きいので物質的に「余る」の意と、自分には過ぎるという精神的な「身に余る」の意が掛けられている。

さて、文政七年（一八二四）八月十六日、六十四歳で亡くなり、本光寺（金沢市東山二丁目）に葬られている。すなわち、生涯のほぼ三分の二が化政期ということになる。中谷氏によれば、墓碑の左側に

辞世　行くれて詠ぬす人かにけそしぬ　こゝを最後といきをかきりに　阿北斎

と刻まれている。歩んで行くうちに日が暮れ、自分の人生も終わりになり、花盗人なら

ぬ詠盗人の私は、ここまで逃げてきたが、ここが最後の行き着く先と息を限りに死のうとしている、といった意である。現代文学ならば、左源次に「あなたはいったい何から逃げようとしていたのか」と問いたいところだが、狂歌なので、自分を「盗人」と卑下しただけであろう。辞世まで狂歌とはふざけていると顔をしかめる方もおられるかもしれないが、加賀で、狂歌に名高いとされた医師・服部元好（一七〇〇年代初頭に活動）は

　呼びに来ていやといはれず冬の夜に末は知らねど療治しに行く

と辞世を詠じている。狂歌師は、最期まで狂歌を詠むもので、志道軒や十返舎一九の辞世とされるものも狂歌である。

　左源次は、現在も金沢市にその地名は残っている「堀川」に居を構えていた。堀川の地名の由来は、元和六年（一六二〇）、宮腰・大野の湊から引船をするために下安江村まで川を掘ったことによる。『金沢古蹟志』（巻二十八）に

　安江壁土、安江のねば土と称し、青き土なり。金沢にて中途上にするもの皆安江より出せり。この土は他国にも甚だ稀なる土にて、実に当国の名産也といへり

とあることから、「安江壁土」の関係で、堀越家は堀川に屋敷を与えられたものと考えられる。左源次は次の狂歌を詠じているが、これも壁土等の関係で安江村を訪れたおりのものと思われる。

安江村住吉の社内に、木の枝に薬缶を懸け、酒の燗をし、ねぎに酢味噌を付けて、肴とするを

この宮にすみそを付けしねぎもあり　やくわんで酒のかんぬしもあり

「すみそ」に「住みそ」と「酢味噌」、「ねぎ」に「祢宜」と「葱」、「かん（ぬし）」に「神（主）」と「燗」を掛ける。「ねぎもあり」と「かんぬしもあり」が対句になっている。『徳和歌後万載集』（一七八五年）に

祢宜どもは寒さしのぎに燗酒の匂ひかぐらの舌鼓うつ

とあるように、左源次の狂歌においても、寒さしのぎの燗酒で、ある冬の日に詠まれたものと思われる。

左源次が堀川に住んでいたことに関して次の狂歌がある。

備中町に住みける宮崎権五郎方より、堀川の御所へ備中守といふ戯れの紙面越し返事に

宮崎は日向の国と聞くからに　権五郎断是は備中

「備中町」は、金沢にあった旧町名で、現在の材木町である。そこに住む宮崎権五郎が堀川に住む左源次に手紙を出したさい、宛名を「堀川の御所」、差出人を「備中守」と書いて戯れたので、その返事として詠んだ狂歌である。「堀川の御所」は、歌舞伎などの演目としてよく知られる「義経千本桜」で登場する源義経の京都での住まいである。なお、「義経千本桜」は、文政三年（一八二〇）六月、犀川の川上芝居で上演されている。

狂歌は、「宮崎」は日向国のことと聞いている。権五郎よ、それなのに「備中」というのは言語道断だ、の意。「権五郎断」に「言語道断」を掛ける。

このやりとりから推測するに、左源次の周辺には言語遊戯を楽しむ人が少なからずいたのではないか。

ある人、日を定めて茶をくれなんとありけるに、短冊に
堀川の蛙にお茶を下さらば　かうべをさげてがくがくがく

ある人が、日を定めてお茶をくれるというので、その礼状に狂歌を書き付けた短冊を添えたということである。写本によっては「茶をくれなん」が「茶の湯に来られよ」となっている。

座敷等で手をついて礼を述べる自分のことを蛙に見立てた。当時、礼法の主流であった小笠原流の礼をする姿を詠んだ次の川柳がある。

小笠原流ではい出るひき蛙（『誹風柳多留』六十八編）

礼をする様をひき蛙に似ているとしたもので、左源次と同発想である。「がくがく」は小刻みに震える様をいう。恐れ多いので震えるのだが、「がくがく」の繰り返しは滑稽

味がある。ゲコゲコでもゲロゲロでもないが、「がくがく」または「かくかく」を鳴き声に解釈できるならば、それは喜びの声であろう。

狂歌は、この私にお茶をくださるならば、蛙のように頭を下げて、恐れ多いと震えながらお礼を申し上げます、との意。

茶の達人に交りて
堀川のいさざも今日はととまじり　鰭（ひれ）もふつたり杓もふつたり

前書きの「茶の達人」とは誰だかわからない。

「いさざ」といえば、「春告魚（はるつげうお）」の異名があり、春になると、穴水町の「イサザ漁」のことが『北國新聞』などにとりあげられるので、よく知られているといえようか。ただし、このイサザは特定の魚で、美味である。それとは別に小魚の総称のような用いられ方もした。『金沢古蹟志』（巻二十九）には、

三州名物往来といへるものにも、手取川の鮎、犀川の鮭、浅野川の雑喉と載せた

り。雑喉は雑子の義にて、今いふいさゝと呼べるものにやといへり。

とあり、以下「雑喉」について考証され、「小魚類の惣名ならんか」としている。平賀源内（一七二八〜八〇）の滑稽本『風来六部集』「飛花落葉」に「雑魚（ざこ）の魚（とと）交じり」（身分、能力が不相応な中にまじっていること）とある。その「雑魚」を言い換えて「いさざ」とした「いさざのととまじり」といった表現も用いられた。左源次はこちらを引いたのである。つまり先の狂歌では「堀川の蛙」としたが、この狂歌では「堀川のいさざ」と卑下した。堀川のイサザのような私は、不相応にも達人にまじって茶会に参加させていただいています、の意となる。魚だから「ひれ（鰭）」を振るし、お茶だから「杓」を振るとした。有力者に喜んでつきしたがうことを「尾を振る」というが、犬が尾を振るように、魚の自分は鰭を振るというのである。

【父母】

節分（せつぶん）の夜、水甕（みずがめ）われければ、父母大きに気にかけければ
亀は我鶴の齢（よわい）は父と母　かかはおたふく鬼は出て行く

「節分」は、もともと季節の分け目ということで、季節の始まりの日の前日のことである。したがって、春・夏・秋・冬と一年に四回あるのだが、江戸時代になると冬の最後の日を意味することが多い。すなわち立春の前日で、旧暦では立春は新年として考えられたので、大晦日と同じ位置づけである。「節分の夜」は、現代で例えるならば除夜の鐘を聞いて新年を迎えようとしている夜ということになる。

さて、そのような時に水甕が割れてしまったのである。昔の人は、物にも霊が宿ると考えていたためか、使用してきた物が壊れたりすると、不吉な予兆と考えることが多かった。テレビ時代劇では、下駄の鼻緒が切れることが、不吉なことがおこる予兆として、しばしば演出されていた。

江戸時代は、現代のように水道が自宅にひかれていることは無く、井戸などから水を汲み、自宅にある水甕に蓄えて使用した。いわば生活必需品が、よりにもよって節分にわれれば、それは悪鬼のしわざで、新しい年に何か良からぬ事がおきるのでは、と心配するのが、左源次の父母だけでなく、当時の人たちに共通するものであった。この狂歌は左源次が、そうした両親の気持ちを晴れやかにして救うために詠じた一首である。

「水甕がわれ」をふまえて「亀は我」と詠んだ。亀の縁語として鶴を出した。「鶴亀」は寿命が長いことを象徴する生き物で、それにあやかるために祝儀等に用いられる。また「鶴亀鶴亀」は不吉なことなどを払いのけるにあたって唱える縁起直しのことばである。左源次の狂歌にもよく用いられ、次のようなものもある。

亀の火入を得し人に
亀なりの幾万代をふる火入　呑むとも尽きじ鶴の舞留

さて、「かか」は、ここでは自分の妻のことである。ふっくらとした容姿の女性は魔除けになると信じられることがあった。「おたふく」はふっくらとした女性のことで、

「お多福」と表記することもあった。金沢にもうどんで知られる「お多福」があるように、今でも「お多福」を店名や商品名に用いているところは少なからずある。さらに言えば、かつてはそこで配るマッチのデザインに、ふっくらした女性「お多福」の絵が用いられていることが多かった。

狂歌は、縁起の良い「亀」「鶴」「お多福」がいるので、悪鬼は出て行くと詠んでいるのである。まさに「鬼は外、福は内」である。

父、身はまかりし後、時しも秋の初め衣類を出して

ぬけがらを見るにつけても秋の蝉　ただめんめんとなくばかりにて

旧暦の秋のはじまりは七月で、その十五日に盂蘭盆会（うらぼんえ）といって祖先の魂を迎えた。今日では一般に「お盆」といわれる。左源次に次の狂歌がある。

七月十四日来たりて口祝はなしするに

盆と言ふは太鼓の音に似たりけり　たれしもなるのならんのと言ふ

「口祝」は前日にする会で、十五日当日だけでなく、前日から関連することがおこなわれ、「盆」といっていたことが確認できる。

左源次は、そのころに亡き父の形見の着物を箱から出すことがあったのであろう。父の吉郎右衛門は、享和元年（一八〇一）六月十八日に没、享年七十八歳の長命であった。「ぬけがら」はその着物のことである。折しも蝉が鳴いており、それから蝉の「ぬけがら」を連想したのかもしれない。さらには『源氏物語』「空蝉巻」も連想したか。「空蝉（うつせみ）」は蝉のぬけがらのことである。

狂歌の意は、蝉が「めんめん」と声を出して鳴くように、自分は綿々（めんめん）と亡き父を思って泣くとする。むろん「綿々」と掛詞にするために、蝉の鳴き声を「めんめん」としたのであろう。「衣類」からの連想で「綿」を出したのかもしれない。ミンミンゼミの鳴き声が「めんめん」に近いと思われるが、江戸時代、旧暦七月初めに金沢で何ゼミが鳴いていたかは寡聞にしてわからない。

芭蕉の高弟丈草に次の句がある。

　ぬけがらに並びて死ぬる秋の蝉　（『続猿蓑』）

雅な世界では、秋の蝉に哀愁を感じるものであったが、左源次は掛詞と擬音語によって、異なった趣を詠んだ。

予、六十歳の春秋をこえ、親の恩を思ひつきしかば
たらちねはかかれとてしもはげ頭　なでこまれたる光なりけり

この狂歌は前書き無しで版本の『夷曲歌集百人一首』（小松市立博物館所蔵）に採録され、それには

たらちねはかゝれとてしもはげ天窓　撫こまれたるひかり成らん

とあり、多少写本と異なるところがある。いずれにせよ、この狂歌は刊行物に採録されたので多くの人の目にふれられ、左源次の狂歌でもっとも知られたと考えられる。

左源次は、狂歌の前書きでは、自分のことを「予」と表現する。

現代のような超高齢社会に生きる人には信じがたいかもしれないが、江戸時代、六十歳といえば「還暦祝い」をして、長生きできたことを祝うものであった。この狂

歌は、長生きできたのは親の恩である、と感謝して詠んだものである。

『後撰和歌集』に次の遍照の詠歌が載る。

たらちねはかかれとてしもむばたまの我が黒髪をなでずやありけむ
（幼い時、母はこのように剃髪して出家すると思って私の黒髪をなでたりしただろうか、ちがうだろうな）

一筆斎文調（一七九五年頃没か）の錦絵「三十六花撰」シリーズの一点も、この和歌がテーマになっており、当時はよく知られていたようだ。

左源次は、遍照の和歌の最初の二句をまずとっている。

たらちねは　↓たらちねは
かかれとてしも　↓かかれとてしも
むばたまの　↓はげ頭
我が黒髪を　↓なでこまれたる
なでずやありけむ　↓光なりけり

そして、この和歌の内容をふまえ、親は、子がこのように「はげ頭」になるとは思

っていなかったであろうな、と自虐的に詠んだ。毛髪のない頭のことを「はげ頭」といった。『銀葉夷歌集』（一六七九年）に

我が子をば行儀折檻つよくして　他人の手にてなでさすらせよ

（我が子をきびしくしつけて――今なら幼児虐待といわれかねないが、江戸時代はよくあったことのようだ――、他人にほめられるように育てよ、の意）

とあるように、子どもを誉めたりするときに頭をなでた。「なでこむ」は何度もなでることで、そのためつるつるに光っていることを連想させる。昭和時代、相方に薄毛になった頭を強くなでられて「毛が抜ける！」と叫ぶコントを、いくつも観た記憶がある。そのつるつるとして光る様を形容するのに「薬缶（やかん）」とか「金柑（きんかん）」が用いられた。

なお左源次の「はげ頭」に関しては次の詠歌もある。

ある方より、青頭（あおがしら）に松茸を添えたまはりける礼に詠み遣はし侍る

松茸の齢（よわい）久しく禿げ頭　あをかしらにと祝ひたまはる

キノコの一種である青頭に松茸を添えていただいたお礼状に添えた狂歌である。私は「松茸」の「松」のように長生きして禿げ頭となっているが、若々しい青頭になるようにと、松茸と青頭をたまわった、という意。毛髪を剃って青々としている頭と、毛髪がすべて抜け落ちている頭は、むろん異なる。

【妻】

左源次が頭はげたりとて笑ふ人あるに
光るのを吉野の花と詠めつつ　はげんじさんとかかのいふなり

江戸時代の文芸を鑑賞するにあたっては、「はげ頭」は、僧侶などの特別な場合をのぞき、誉め言葉としては用いられなかったことはおさえておきたい。しかし今は注意をはらって用いるべき言葉である。二〇二一年にはテレビでたまに聞くことがあったが、今後は聞かれなくなるかもしれない。二〇二三年二月五日『朝日新聞』夕刊に「薄毛いじり　もうやめよう　職場もテレビも意識変化が必要」と題された記事が載った。それには「外見で人をからかうのはご法度」であり、芸人の世界を見ると、「薄毛ネタ」はテレビをにぎわせてきた。ただ最近は鳴りを潜める、とある。また同記事には次のようにもある。

　なぜ、日本では薄毛が「いじり」の対象になるのか。国学院大の小手川正二郎准教授（現象学）は「見た目をいじることがコミュニケーションの一環として用いられ、いじられても、笑いに変えられることが『度量の大きさ』とみなされてきたところがある」と指摘する。

小手川氏にしたがえば、右の狂歌は、左源次が見た目をいじられ、それを笑いに変えている、と解釈してよいだろう。よく知られる天明時代の狂歌

　ほととぎす自由自在にきく里は酒屋へ三里豆腐やへ二里

の作者の名前は「頭（つむり）の光」である。また『ゆめみ草』（一六五六年）には次の

狂句が載る。

はげあがるあたまや蝿のすべり哉

江戸時代の人は「薄毛」ネタをしばしば用いた。

さて、「かか」は先にあげた狂歌にも出てきたが、子供が母を「かか」といったり、夫が妻を「かか」といった。文楽・歌舞伎などの古典芸能になじみでもない方には、「死語」かもしれない。なお二〇二二年二月十日『朝日新聞』朝刊掲載の疋田多揚氏「本当の差別は日常に」に以下のようにある。

フランスの学校で新年度が始まると、子どもが「家庭調査票」を持って帰る。目を引いたのが、親の名前を記入する欄。「親1」とあり、「母」か「父」の欄をチェックする。「親2」も母か父を選べる。同性婚家庭への配慮だった。

マリークレマンスさんは「本当の差別は日常に潜む」という。私も使う「お父さんお母さん」という言葉もそうだ。気づかず誰かを排除していたのだ。

「かか」なども公的には問題のあることばとして認識され、将来、学校教育で扱う古典文学では、現代語訳で「親1」とか「親2」とされるのだろうか。ますます古典文学が遠くなる。

さて、狂歌の意は、

（あなたはそのように馬鹿にして笑いますが、私の）妻は、「光る頭は「吉野の桜」のように素敵ですよ、「はげんじ」さん」といいます。

「吉野」の「吉」に「良し」を掛け、「はげんじ」に「左源次」と「光源氏」をひびかせている。

団扇（うちわ）の裏に
世の中の人のうちわは真丸に　夫婦の中をあふぐ涼しさ

エアコンがなかった時代、団扇は夏の必需品であった。竹で作られた骨に貼られる紙には、文字や絵が手書きされたり印刷されたりした。右の狂歌は、左源次が団扇の裏面に手書きしたものである。

「世」には「節（よ）」が掛けてあり、竹で作られた「団扇」の形はまん丸、世の中もまん丸というのである。「内輪」（ここでは「夫婦」）の仲は円満と、「うちわ」と「真丸」が掛詞であるところが面白味である。「世の中」と「夫婦の中」が対となっている。

後で述べるが、左源次はしばしばその詠歌を求められたので、依頼されて他人の団扇に右の狂歌を書いた可能性はあるが、団扇で扇ぎながら納涼する、仲の良い左源次夫婦を想像したいところである。「納涼図」といえば、加賀国に一時期滞在した久隅守景の「夕顔棚納涼図屏風」を思い浮かべる方もおられるのではないだろうか。絵になるような、夫婦が団扇で扇ぐ様子を思い描かせる狂歌である。

妻の、足にひびの切れたるといふに
湯のはんの銘にもあらぬわが妻の　ひびからあらたに切れる足もと

わたくしごとになるが、幼かったころ、母はあかぎれなどになると「ももの花」という軟膏を塗っていた。靴下を使用していても踵（かかと）がひび割れることがあったようである。江戸時代、足袋はあるものの贅沢品なので、ふだんは裸足で活動し、踵などは固くなり、ひび割れてしまう人が多かったことは容易に想像される。左源次の妻もそうした一人であったのであろう。

四書五経の一つ『大学』にある「湯の盤銘」（殷の湯王が、沐浴の盤に刻んで戒めとした「苟日新、日日新、又日新」の言葉）を踏まえて詠んだ狂歌である。「ヒビ（あかぎれ）」と「日々」を掛ける。「湯の盤銘」ではないが、日々新たに、妻の足にひびができると詠んだ。言葉遊びを楽しんでいるだけでなく、言外に妻の痛みや苦労を思いやっていると解釈すべきであろう。

【子】

予が嫁みまかりて後、寺へ参りて

面影に立つや卒塔婆（そとば）をいまさらに　これはよめかやうつつなるかや

左源次の妻は、左源次よりも長生きで、文政十二年（一八二九）十二月二十二日に七十一歳で亡くなっている。息子の嫁は、文化十三年（一八一六）八月二十日に三十歳で亡くなっているので、「予が嫁」はこの人であろう。すなわち息子の嫁の墓参りのおりに詠んだ歌である。

堀越家の墓のある本光寺は、もともとは日蓮宗だったそうで、浄土真宗とは異なり、個人の追善のために卒塔婆を立てた。その卒塔婆が〈立つ〉から、死んだ嫁の面影が〈立つ〉とし、卒塔婆と嫁を重ね合わせている。嫁が亡くなったことをなかなか受け入れることができず、それは「うつつ（現実）」（本当のことなのか）と嘆じている様は、哀切である。なお、「よめかやうつつなるかや」は、「夢か現か」をもじったものので「よめ」に「夢」をひびかせている。

左源次の四男は享和三年（一八〇三）正月三日に夭折しており、次の三首を詠じている。

予が末の子、ままをくわふといふ声の下（した）より急病にてはや息絶へければ引導

このままがいやかあの世へ行きて食へ　今御仏のおめし時なり

「まま」は御飯の幼児語で、「声の下」は、「言葉が終わるか終わらないうち」の意、すなわち「御飯を食べよう」というやいなや、急病で亡くなったというのである。狂歌は、「このまま（この世で）」と「この飯（まま）」を掛けて、この世でこの御飯を食べるのがいやなのか、それならあの世に行って食べよとし、また「仏のおめし（お迎え）」と「御飯（おめし）」を掛けて、ちょうどあの世から御仏のお迎えが来て、あの世では食事時である、とする。

泣く泣く野辺に送りて

陰かくす霞の中の鴬は　ほうほけ経の声ばかりにて

泣く泣く、亡くなった子の「野辺送り」（葬式）をおこなう。亡くなったのが正月、すなわち春なので、春霞が立ち込めている。現代的な解釈をすれば涙で霞んでまわりがよく見えないということになろう。〈泣く〉の縁で、「春告げ鳥」の異名のある、春を代表する鳥である鶯が鳴くと詠む。鶯は、古くは「法吉鳥」（ほほきどり）」（『出雲風土記』）といい、島根県の法吉神社の名の由来とされる。その後、江戸時代になると鳴き声を「法法華経」「宝法華経」などと表記するようになる。また鶯の異名の一つに「経読鳥」がある。『徳和歌後万載集』（一七八五年）にも

白雪はきゑさうなるが鶯の声をはるべにならふ法華経

とある。

左源次も、鶯の声と葬式であげられる「法華経」を掛けた。実際には鶯は鳴いておらず、読経の声しか聞こえていなかったかもしれない。

嫁と同じく息子も日蓮宗だった本光寺に葬られた。日蓮宗では「南無妙法蓮華経」の題目が唱えられるが、ここで鶯の鳴き声を出したのもその関係かもしれない。

法名はりける時
一枚の紙となりぬる人の名を　はりて置くのものりの力よ

死んだわが子の法名「春光童子」を書いた紙をはるにあたっての詠歌である。「のり」に「法」と紙をはる「糊」を掛けている。

娘死別
わがものと思ひし欲の皮袋　探してみれば仮の世の中

文化七年（一八一〇）一月二十二日、長女が十八歳で亡くなる。欲が強いことを「皮《かわ》」に例え、「欲の皮が突っ張る」などと使う。長女を自分のものと思い、欲の皮袋の中を探してみたが、娘は仮の世にとどまらず、あの世に行ってしまった、といっている。

盆とて人の賑ひぬれど、失ひし娘の墓参りなんとすれば、胸を貫く玉の数珠
くり返し悔むれ共、その甲斐もなきの涙
さざれ石巌と祝ひそだてしも　五輪に苔のむすはさてさて

前書きの「甲斐もなき涙」は、「甲斐がなき」と「泣きの涙」（非常に悲しい）を掛けている。

古くは『古今和歌集』に

わが君は千代に八千代にさざれ石の巌となりて苔のむすまで

とあるが、「わが君」が「君が代」に変わるなどし、祝の場で似たような文言で謡われるなどし、国歌「君が代」に用いられている。この和歌をもとにして詠んだものである。狂歌は、苔のむすまでの長生きを願って育てたが十八歳で亡くなり、娘の五輪卒塔婆（五輪塔）が苔むすことになろうとは、の意。上句の「さざれ石」と下句の「さてさて」の「さ」音を呼応させている。

【住居・近辺】

わが宿の白藤盛りに花見して
浅間なる住居も今は引き替て　花見するかのふじの白雪

左源次の家に白藤が植えてあったことがわかる前書きである。「浅間」は、家の小ささをあらわすものであろうが、あくまでも感覚的なものである。謙遜の気持ちがあるかもしれない。

「花見するか」と「駿河（するが）」、「ふじ」に「富士」と「藤」を掛ける。「浅間」は富士山の縁で「浅間山」を連想して出したか。

白藤の散る下蔭で歌を詠み　あふげばわれもつら雪となる

この狂歌の「白藤」が左源次の家のものとは明記されてはいないが、ここであげておく。

白藤の花が散る。その下で歌を詠む。さらに花を仰ぎ見れば、自分の顔（つら）に花びらが降りかかってくる。それは、まるで白雪が降り積もったかのようである。歌を詠んだから、『古今和歌集』の撰者として知られる歌人「貫之」を出し、顔に雪が積もったから「つら雪」とした。

小説であれば、自画自賛といった意味合いで「狂歌における自分は、和歌における「貫之」と同じである」と述べる場面なのだろうが、それは深読みというものであろう。

ちなみに白藤を詠じた狂歌は他にもあり、左源次周辺の人たちは藤を庭に植える者が多かったようである。左源次に次の狂歌がある。

　ある人の方に、藤の花、時ならず咲きたるを祝せよとあるに
みどりそふ千歳の松にしがらみて　限らぬ不老ふしの花咲く
（「ふし」に「不死」と「藤」を掛ける）

後にも述べるが「富士」と「不死」が通じるように、「藤」が「不死」に通ずると考

えられて、庭に植えられていたのかもしれない。

一文橋の向へ行きなん事ありけるに、妻一門の事に付きて行き得ぬに
一もんにつかへて橋をわたり得ず　さてさてこちのびんぼかみ様

かつて金沢城の東側を流れる浅野川に、渡るごとに一文をとる橋が掛けられていた。江戸時代の金沢の地図をみると「壱文橋」と記されている。この橋の上流にも下流にも橋が掛けられており、そのため「中の橋」といった。江戸時代の金額を、今はいくらくらいかというのは、物の値段を比べて考えるか、労働賃金を比べて考えるかによって異なるが、一文は二〜三十円ぐらいで、五十円には満たないところか。

前書きは、一文橋の向いに用事があったのだが、妻は一門（家族）のことで用事があって渡れなかった、とある。「一門」を「一文」として、その一文が払えず渡れなかった、とするところが面白味であろう。狂歌の「びんぼかみ様」は、「貧乏神」と「かみ様」（妻）を掛ける。

ちなみに泉鏡花の作品の読者であれば、「一文橋」といえば『化鳥』を思い浮かべるのではなかろうか。絵本にもなっている。二〇〇九年十月二十六日『北國新聞』朝刊に、「鏡花『化鳥』舞台に新説」として、『化鳥』の舞台となった一文橋について、それまでは「中の橋」といわれていたことに対し、「天神橋」ではないかという記事が載った。

浅野川を詠じた狂歌をもう一首あげる。

浅野川辺の友を呼びに遣はすに
うち連れて浅野川辺の友千鳥　ちりりやちりりを払ひてぞ待つ

「友千鳥」は、群がって集まる千鳥のことで、冬の季語になっている。「ちりり」は千鳥の鳴き声「ちりちり」の略で、「ちりり」から「ちり（塵）」を出した。左源次は「友千鳥」を次の狂歌でも用いている。

寄千鳥神祇

ちりちりやちりに交はる神祭り　酔いてもどれる友千鳥足

昭和時代のテレビ・ホームドラマでは、会社勤めのお父さんが帰宅途中などでお酒を飲んで、「千鳥足」で帰宅する場面をよく見たものである。

さて、当時の人たちで、多少でも雅な教養がある人であれば、『源氏物語』（須磨巻）にある光源氏の次の和歌を知っていたと思われる。

友千鳥もろ声に鳴く暁は　ひとり寝覚めの床も頼もし

（千鳥が群がって一緒に鳴く声を聞くと、冬に一人寂しく目覚めても、その寂しさがまぎれることだ）

左源次もこの和歌を知っていたのではないかと思われる。とすれば「あさのがわ（浅野川）」の「あさ」に「朝」を掛けて、狂歌は、浅野川で友千鳥が群がって「ちりり」と鳴いている冬の朝、（友千鳥の「友」ではないが友人を）塵を払って待っている、という意になろう。

約束したのになかなか来ない友に、書状のみでは責めている感が強くでるので、あたりさわりないように狂歌を用いて、朝から準備して待っていることを知らせたのではなかろうか。

法船寺町番所

油筒さげて番所へ入りたる　鐘に火口（ほくち）の火花ちる也

「法船寺町」は、現在、金沢市にある浄土宗の寺院法船寺周辺の旧町名である。「火口」は、火打石などでおこした火を最初に着火するものである。寛永八年（一六三一）四月、金沢城本丸までが燃えたとされる大火があった。当時、法船寺は犀川橋詰にあり、門前の民家から出火したが、寺も焼けたことから「法船寺焼け」として伝えられた。それをもとに詠まれており、歌中の「鐘」は法船寺を象徴している。

裏門坂口舌

君ならで誰にか見せん雪の肌　ひらのお客はふるばかりをば

裏門坂は、金沢市の宝円寺裏口に通ずる坂である。「口舌」は、狂歌からして男女間の痴話げんかの意であろう。とすれば、「裏門」に「恨みん」を掛けるか。
狂歌は『古今和歌集』所載の紀友則の歌をふまえる。

君ならで　→君ならで
誰にか見せむ　→誰にか見せん
梅の花　→雪の肌
色をも香をも　→ひらのお客は
知る人ぞ知る　→ふるばかりをば

あなた以外に私の雪のような肌をみせたりしない、普通の客など振ってばかりで相手にしない、の意。浮気を疑われた遊女が、恨み言をいっている場面を想定しての創作で、「雪」と「ふる」が縁語である。

蛇谷石葛（いわつな）

這ひ纏ふ根は百足かよ秀郷を　頼む蛇谷のへたの石葛

「蛇谷」は白山市の蛇谷（じゃたに）であろう。「石葛」は岩に這う蔦や葛のことである。「へた」は「あたり」の意。瀬田の唐橋の蛇に頼まれ、三上山の百足を退治したという、藤原秀郷（俵藤太）の伝説をふまえて詠んだ狂歌である。

秀郷を頼みとする蛇ではないが、這ってまとわりつく蛇谷の蔦や葛の根はまるで百足のようで、助けて欲しい、といった意。「へたの石葛」は「瀬田の唐橋」のもじりであろう。

以上、「法船寺」「裏門坂」「蛇谷」の三首をみたが、いずれも歌題として出されたものと思われる。これだけでは確かなことはわからぬが、左源次周辺では、加賀の町名、地名などを題にして詠作していたものと推測される。こうした狂歌が数十首ぐらい残っていれば、当時の土地土地のイメージがどのようなものであったかがうかがわれ、それなりの地域資料になったのではないかと思うと、それが伝わらないのは、はなはだ残念としかいいようがない。

綿抜蔵『狂歌百人一首図絵』より

3　〈名所〉詠

左源次は、加賀藩領以外の地でも狂歌を詠んでいる。藩の御用で訪れたと思われる江戸と京、およびその道中のものである。

【江戸】

前書を見る限り、最も遠隔地は江戸である。

江戸両国橋の下、涼舟（すずみぶね）を、橋の上より見物せしが、東都の人、予に扇子出し、一首とあるに

橋板の一枚下は極楽よ　こゝこそとそつ天かてんてん

涼舟とは納涼に用いる舟で、江戸時代、隅田川などに舟を出して納涼した。橋の下の涼舟は鳥居清長の「吾妻橋下の涼み船」など浮世絵にしばしば描かれていることからもうかがえるように、舟に乗る人だけが楽しむのではなく、舟を眺めて楽しみもし

た。左源次はその一人である。この狂歌に「夏ある国と夏なき国の両国橋、うきに浮きたる涼舟芸者の三味線大きに」と前書きがある写本もある。

両国橋の橋板一枚下にいる、涼舟に乗って納涼している人たちは、夏なき国で極楽にいる、自分たちがいるここは兜率天（とそつてん・仏教の宇宙観にある天上界の一つ）で夏ある国で暑い、橋の下からは川に浮かぶ舟から、芸者の三味線の音がてんてんと聞こえてくる、の意。下句のリズム感ある音の繰り返しも面白味。

江戸境町にて、葬礼と嫁取と行きちがいけるを見て
世の中や恋と無常の境丁　しに行く人もあり死に行く人もあり

「境町」とあるが「堺町」と考えられる。江戸時代、堺町は、芝居町として知られていたので、あるいは左源次も芝居を観に行ったのかもしれない。

そこで左源次は、葬礼と嫁取をみて、堺町は恋（嫁取）と無常（葬礼）の境のようだ、夫婦になるものもいれば、死んでゆく人もいる。対照的なことを具体的に詠んだ

ところがすぐれている。

【信州・越後】

　　四月上旬に信濃平原といふところの桃の盛りなりければ
　夏の来てその葉しんしんたるべきを　桃のやうやう咲きそめにけり

旧暦の四月は夏のはじまりである。それでも寒さが長引いて、いまだに桃の花が盛んに咲いていているので詠んだ狂歌である。平原（長野県小諸市）は北国街道にあり、加賀藩の参勤交代で通ることもあった。加賀藩主がほめたと伝わる松もある。「しんしん」は木の葉が茂る様、「やうやう」は美しい様で、緑色と桃色が対になっている。古くは『詩経』に載る漢詩「桃夭」があり、漢詩調といえよう。

なお写本によっては次のようにある。

寒さ長く四月に至り桃の花末盛りなれば
夏来れば木の葉しんしんたるべきに桃のようよう花盛りなり

どちらかが改作なのであろう。

越後国鉾ケ獄を
とぎ立てし雪や氷のほこが獄　つきぬくよふな寒風ぞふく

「鉾ケ獄」は現在の新潟県糸魚川市にある山である。

狂歌は、雪が研ぎたてられて鉾のようになった鉾ケ嶽では、鉾がつきぬくような寒風が吹きつける、という意。

左源次は、江戸を行き来したおりに、道中で右のように狂歌を土地土地で詠んだかもしれないが、残念なことに「狂歌道中記」といったものは知られていない。

【山城・近江国】

左源次は、寛政十年（一七九八）に、京都の「芳春院御位碑殿再興」にかかわっている。その折のものかと思われる次の狂歌がある。

都嵐山にて

上戸同志おさへたさいた桜がり　下戸は小蓋をあらし山かな

上句は「さいつおさえつ」をふまえ、「おさへ」は、相手のさそうとする杯を押し返してもう一度呑ませることと、宴席などで最後に出されるものを掛ける。「さいた」は「他の人の盃に酒をつぐ」意の「さいた」と「咲いた（桜）」を掛ける。桜狩に行き、上戸たちは酒をさしつおさえつし、下戸たちは食べ物の入った小蓋を荒らしている嵐山だ、との意。「小蓋」は「小蓋物」で、会席などで使用される小さな蓋のある容器。上戸が酒を飲み、下戸が料理を食い荒らす様を対比的に詠んだ面白味。

三井寺

ぢんじやうな声にもあらぬわれ鐘の　ぜしやめつぽうな我らたび哉

「寺」といえば「三井寺」とされるので、あらためて述べるまでもなかろう。「割れ鐘」はひびの入った釣鐘の意だが、その音から、濁ってふとった大声のことをいう。ここは、読経の声のことかと思われる。尋常な声でない、われ鐘なので、私たちは旅で死んでしまいそうだ（「ぜしやめつほう（是生滅法）」生きている者は必ず死ぬ）の意。

【小松】

遠隔地については以上だが、加賀藩領では小松と能登に行ったようで、次の狂歌が残っている。

小松の辺、浅井に長家の忠臣の塚有り。連れの人、火打一ぷくのむ間に一首追善せよとあるに

忠臣にその名はかたき石とかね　こちこちたばこのむあみだ仏

関ケ原の合戦のおり、小松城などを攻めていた前田軍が金沢に撤退するとき、小松城の東方の浅井畷（あさいなわて）で丹羽長重の軍に攻められたが、長連龍らの働きにより、それを撃退し、金沢に戻ることができたという歴史的背景があり、浅井に長家の忠臣の塚が建てられた。「火打一ぷく」は、狂歌の内容からすると、火打石を用いて火をつけて、煙草をいっぷくする間に、の意であろう。

「かたき」に「忠臣としての名」は金石のようにかたく（確かである）、さらに「こちこち」に「堅い状態」でその確かさを強調し、また「あちこち」（此方此方）の意も掛けて、世間に広く知られているとし、さらに火打ち石の音を掛ける。また、たばこを「飲むあいだ」と「のみあみだ仏」（南無阿弥陀仏）を掛け、「追善」している。

狂歌は、忠臣として、その名は石や金属のようにかたくしっかりして、広く知られて

いる、連れがコチコチと火打石で火をつけてタバコを飲む間、私は「南無阿弥陀仏」と唱え、追善する、の意。

那谷寺にて

山寺のかねつく人をよく見れば　なたでそつたる俄か坊ん様

那谷寺は、現在の小松市にある寺院で、観光名所の一つ。『奥の細道』の旅で芭蕉が訪れ、

石山の石より白し秋の風

の句を詠んでいることで知られる。

狂歌は、寺で鐘をつく人をよく見ると、頭の剃り具合が雑であるので、剃刀でなく鉈（なた）で剃った、にわか坊主とした。那谷寺の名から連想し、「鉈」で髪の毛を剃ったとしたところが面白味である。

さび篠原、八景に寄せて夜雨

あらさびし野原に誰か涙かは　夜ごと夜ごとに雨のふるづか

景勝の地を八つ選び「八景」とすることがよく行われた。また八景には、それぞれ漢詩や和歌などが詠じられることが多い。中国の瀟湘八景にならい、地名に①晴嵐、②晩鐘、③夜雨、④夕照、⑤帰帆、⑥秋月、⑦落雁、⑧暮雪を組み合わせて八景とするものが多く、日本では近江八景が特に知られ、左源次の狂歌にも八景をふまえたものが多い。小松周辺の八景もこの定型であったようであるが、この狂歌の「篠原夜雨」、続いてあげる狂歌の「日末夕照」「浅井落雁」「御幸塚（秋）月」以外のものはわからない。

「さひし野原」に「寂し野原」と「さび篠原」を掛ける。また「ふる」に「降る」と「古」を掛ける。篠原は、斎藤実盛が合戦に敗れた場所で、実盛が葬られたとされる「実盛塚」がある。狂歌の「ふるづか」はこの塚のことであろう。ああさびしい、さび篠原で誰かが涙している、夜ごと夜ごとに雨の降る古塚であることよ、の意。

なお実盛が兜を奉納した多太神社（小松市）は、遊行上人の回向が行われたり、『奥の細道』の旅で芭蕉が

むざんやなかぶとの下のきりぎりす

と詠んだことなどで知られている。

日末の夕照

賤の男がさてもさてもとゆふ照らす　日すへにあごをもたせかけつつ

地名の「日末」（小松市）と「火末（火の燃えてゆく先）」を掛ける。夕方に、さてもさても疲れたと顎を出し、明かりを持つ様。

身分の低い男が、（仕事をおえて）「さても、さても疲れた」と、夕方、明かりをもって照らしている、火末に向かって、顎を持たせるように突き出して、といった意であろう。

浅井の落雁

さほになり縄手になりて深田より　浅井方へと落る雁金

「さほになり」（一列に飛ぶ）、「縄手」（長くまっすぐ続く）と雁の飛ぶ様と、「縄手」（畷。田の間の道）から「深田」を出し、対になる「浅井」を詠んだ。

御幸塚の月

三湖も見るさへあるに御幸塚　酒すきも来るもちつきも出る

御幸（みゆき）塚（小松市）は、花山法皇の御幸があったことからの命名とされる。この狂歌では、「三湖」は「みづうみ」と読ませ、「みる」「みゆき」と「み」音を三つ重ねたところが技巧である。「三湖」は加賀三湖（さんこ）のことで、今江潟、木場潟、柴山潟の総称である。「もちつき」は「餅つき」と「望月」を掛ける。御幸塚では三湖という景勝さえあるのに、望月が出ると、酒好きが来て、餅つきが出て、飲んで騒いでいる、の意。

【能登】

能登へ行きける時に、大樋の茶屋女、いつ御帰りと言ふに
ゆび折りて君にあふ日をかぞへつつ　やがて帰りを町はなの茶屋

左源次が何を目的に能登に行ったかは不明だが、行くにあたって茶屋で遊んだようで、茶屋女に「いつお戻りですか」と聞かれての返事である。「やがて」はすぐに、「ゆび折り数える」は楽しみに待つ意。「町」と「待」を掛ける。この茶屋で遊んだ友達の事を詠じたものがあるので、ここであげておく。

友どち（大樋の）茶屋に杓とられ酒のみて入用三百三文づつかかると聞きて
はんにやづらにあんのくたらを尽しけり　三百三文大臣ぞかし

友人が飲食し、一人三百三文づつ請求された。それが高額と思って詠んだ狂歌である。「はんにやづら」（般若面）は、恐ろしい顔。ここでは茶屋女の悪口である。「般若心経」にある「阿耨多羅三藐三菩提（あのくたらさんみゃくさんぼだい）」（「仏の悟り」の意）をもじって、あのような女にくだらないことをつくし、それに三百三文を払うなんて「お大臣様」（大金を使って遊ぶ客）だとした。「三百三文」は「三藐三菩提」のもじりであろう。皮肉ともとれるが、友と会話をしながら詠まれ、笑いにつつまれたと想像したい。

川尻川を渡る時、羽喰散浜を一首と詠めと望みけるに
さむやとてはくひしばりて川尻を　ちり浜にてもまくり渡れる

「川尻川」は「九里川尻川」（鳳珠郡能登町）のことであろうか。「羽喰散浜」は、現在の羽咋市にある千里浜のことであろう。観光名所「千里浜なぎさドライブウェイ」として知られてきたが、近年は、二〇二二年三月十三日『北國新聞』朝刊に「千里浜守れ　寄付続々」と題された記事が大きく掲載されるように、波による浸食で砂浜の幅が狭くなっていることが話題となっている。

さて、狂歌は、濡れないために着物の裾をまくって、尻を出して、川尻川を寒さの中で歯を食いしばって渡ったが、千里浜でも同様に尻をまくって走って渡ったことよ、といった意である。「尻をまくる」は着物の裾をまくって尻を出すことで、走り出すときに用いる。先に「波による浸食」と述べたが、冬は特に波が高い。だからこそ着物の裾をまくって濡れないようにする必要があったと考えられる。「歯を食いしばる」と「羽咋」を掛ける。「尻」は、「川尻」と「尻をまくって」が掛けられている。

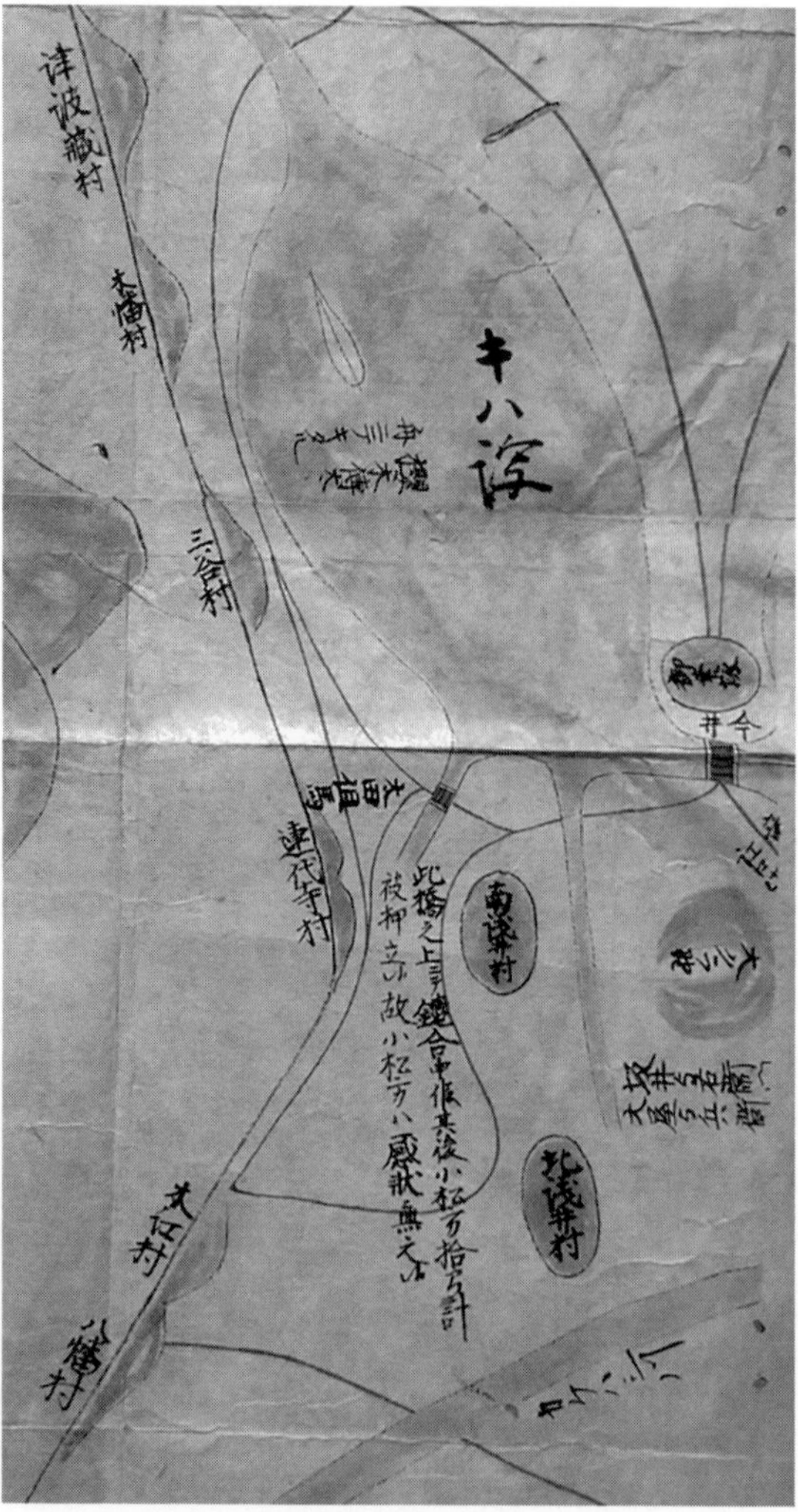

綿抜蔵『加州浅井縄手之書并絵図』より

4 〈食〉詠

「衣食住」というが、左源次が自分の衣類について詠じたことはなく、住居については、先にあげたように「浅間」で白藤が咲く庭であったことが詠まれるのみである。それらに比して「食」は多い。衣類や住居は、他者との接点が少ないが、食に関しては他者とかかわることが多く、「鱒の早鮓」をたまわるとか、「手打ちのそば」をたまわるとか、他者から何かをいただいたり、ご馳走になっている。そのときに狂歌を一首詠んでお礼を述べるというのが、左源次の生き方であった。

【大食い】

「御壁塗」という御用をつとめるからか、個人の体質なのかはわからないが、左源次は大食だったようで、次の狂歌を詠じている。

　　年の暮に湯漬けを多く食べて
節季候（せきぞろ）のやうに湯漬けをぞろぞろと　食べておなかがはるん参ふ

現代では「お茶漬け」の方が「湯漬け」よりも知られていようが、昔は御飯にお湯をかけた「湯漬け」の方が一般的だった。饗応のおりのメニューにも加わることがあった。御飯にお湯をかけただけでは淡白な味なためか、香の物や焼き味噌などが付けられることもある。お茶漬けの普及は江戸の中頃といわれるので、左源次もお茶漬けを知っていたと思われるが、お茶漬けを詠んだ狂歌は見当たらない。ちなみに、賤ヶ岳の戦いに敗れた柴田勝家が、越前北の庄へ引き上げる時に立ち寄った前田利家に所望したのが湯漬けであった。

狂歌冒頭の「節季候」は、今日みかけなくなった言葉だが、かつては狂歌などにもしばしば詠まれた。ここでは小学館の『日本国語大辞典』の説明を以下に引かせていただく。

江戸時代、歳末の門付けの一種。十二月の初めから二十七、八日ごろまで、羊歯（しだ）の葉を挿した笠をかぶり、赤い布で顔をおおって目だけを出し、割り竹をたたきながら二、三人で組になって町家にはいり、「ああ節季候節季候、めでたい

めでたい」と唱えて囃（はや）して歩き、米銭をもらってまわったもの。せっきぞろ。《季・冬》

最後に《季・冬》とあるのは、俳句では冬の季語である、ということである。芭蕉に次の句がある。

果ての朔日の朝から

節季候の来れば風雅も師走哉（『勧進牒』他）

今村充夫『加賀能登の年中行事』（一九七七年、北国出版）に

明治期に旧市街には初馬・福の神・しやあいな・てんや尾右エ門・ちょろけん坊主・福俵福右エ門・猿回し等がきて、それぞれめでたい詞を唱えて丁目をもらった。

とあるが、江戸時代も同様で、左源次の家にもこうした人たちが訪れたと考えられる。

『狂歌才蔵集』（一七八七年）に

門なみに口もとざさぬ節季候へ米と銭とをくれぞせはしき

とあるように、節季候は「せわしい」イメージがある。

さて狂歌だが、まずは節季候の「ぞろ」から、「ぞろぞろ」を導いた。むろん節季候がぞろぞろと来る様も描写している。さらに「ぞろぞろと食べて」で、続けてたくさん食べたということである。小林一茶の文化十五年（一八一八）の句に

春風にぞろぞろうかれ参り候（『七番日記』）

がある。一茶は、節季候も意識にあったかもしれないが、春になって多くのものが次々と浮かれるさまを詠んだものと思われる。『徳和歌後万載集』に載る

光陰のやたらはやくも来る春に心そはそは年の節季候

では「そはそは」とあるので、一茶の句とあわせて考えると、「ぞろぞろ」は、「そわそわ」と心浮き立つ「春」のイメージとしてわきやすかったかもしれない。

さて、大食したのでお腹がいっぱいで「張る」のだが、それに「春」を掛けている。「はる」に「張る」と「春」を掛けるのは、狂歌によくみられる技巧である。

小林氏にて赤飯（あかめし）多く食ひたるとて笑はれければ

多きことあこぎも知らず赤のめし　食べ重ぬれば笑はれにけり

赤飯はもともと赤米でつくっていたが、江戸時代になると白米を小豆で染めるようになったとされる。宮中の献立を記した『厨事類記』には、三月三日上巳の節供、端午の節供、重陽の節供などに食べたとあり、行事のおりの食だったことがわかる。それが広まって身近な祝い事などに食べられるようになった。したがって、ここでは小林氏に何かお祝い事があって、赤飯を振る舞われたと考えられる。

もちろんひと並み以上に多く食べて笑われることもあったとは思われるが、ここでは振る舞われたものを〈遠慮なく〉多く食べたという不躾が笑われた。だから詠歌に「あこぎ」（ずうずうしい）という言葉が出てくる。「あこぎ」はもともと『古今和歌六帖』に載る和歌

逢ふことをあこぎの島に曳く鯛のたびかさならば人も知りなん

にみられるように「度重なる」意で、『源平盛衰記』にも「重ねて聞こし召す事あればこそ阿漕とは仰せけめ」とある。

それが「悪い」の意になったのは、あこぎの島のあたりは、伊勢神宮に供える魚をとる禁漁区であったにもかかわらず、密漁者が多くいたという伝説がひろまったから

とされる。そのことは世阿弥作『阿漕』などに記されており、謡曲が教養であった金沢の人には周知のことであり、左源次もその一人であったと考えられる。

詠歌は、多く食べることがずうずしくて悪いことなど知らず、赤飯を食べ重ねたので笑われてしまった、という意味になろう。

酒の粕（かす）を多くたふべ酔ければ
しかじかとあぶりしかすが山ほどに　たふべて顔が紅葉しにけり

日本酒を作るにあたって、醪（もろみ）を圧搾した後、残った白い固形物のことを「酒粕」といい、いろいろな調理に用いることができる。そのままでも食べることができるが、左源次はあぶって食べた。二〇二二年二月八日『北國新聞』夕刊掲載の「くらしの日記」は、三野待子氏（七十三歳、七尾市）の「酒かす料理」であった。それに次のようにある。

大寒が過ぎ、雪が降る今頃になると、コンロの上に網がねを置いて、酒かすを焼いて食べていた亡き母の姿が思い出されます。（中略）おいしそうに食べていました。その後、母の顔はほんのりと赤くなるのです。

三野氏の御年齢から推測して昭和のころにはまだ酒粕をあぶって食べていたことが知られる。

三野氏のお母さんは「ほんのりと赤く」なったようだが、左源次は「このように酒粕をあぶって山ほど食べたので顔が紅葉のように酔って赤くなった」というのである。「かすが」は、「しかじか」を受けて、鹿を神使とする、奈良の春日大社を意識したものであろう。酒粕を多く食べて顔が赤くなったさまを、紅葉に喩えたところが面白みである。鹿と紅葉を詠んでも、例えば雅な『小倉百人一首』の猿丸太夫の詠歌「紅葉踏み分け鳴く鹿の」とは対照的である。「山」と「紅葉」は縁語である。

【餅】

立春に餅つきしを祝ふて

千世へたりよろづ世へたりつく餅を　くわぬ先から腹は春風

立春に餅つきをするのは、歳神様をお迎えするために、鏡餅やお供え用の餅を作るためであった。その餅を食すと、良い年になるとされた。

狂歌は、「(千代万代を) 経たり」と餅をつく音の「ぺたり」が掛けられている。そして先の狂歌と同じように、「腹がはる」と「春風」の「はる」が掛けられている。

なお次の狂歌を載せる写本がある。

十二月十九日、餅を祝候につき

よろづ代をへたりへたりとつく餅を　祝ふ今日から腹ははる也

これが原案であろうか。

鏡直しにまかりけるに、餅は煮てやわらかにと挨拶ありけるに
お具足の鏡の餅はやわらかに　かたきといふは壱人もなし

「鏡直し」は「鏡開き」のことであろう。歳神にささげる、床飾りの餅は丸くつくられ、それは昔の鏡の形だったので「鏡餅」といった。武家では、床に具足（鎧や兜）を飾り、その前に鏡餅を置いた。田井菅原神社（金沢市）で、加賀藩主前田斉広（なりなが）に献上した鏡餅を復元したものが、毎年展示される。斉広は、文政七年（一八二四）に四十三歳で没しており、左源次の活動した時期の藩主である。

また正月十一日に、それを食することを「鏡開き」といった。飾られていた餅は乾燥して硬くなっているので、食する時には雑煮などにした。

この狂歌は、ある武家の鏡開きに招待されて詠んだものであろう。「かたき」には「硬き」と「敵（かたき）」が掛けられており、敵がいない平和なことを詠んで祝している。

二月二十五日、天神の祭供とて、ぼた餅をくれし方にて
砂糖かけてあまみつ神の御恵み　ぼたもち腹の春の御祭

二月二十五日は菅原道真（天神）の命日にあたる。そのため天神を信仰する人はお祭りをした。「天神講」ともいわれる。「甘蜜（満つ）」と「天満神」を掛ける。また先に説明したが、「腹がはる」と「春」を掛けている。

前田家が菅原道真を祖先としたため、天神信仰が厚く、小松天満宮を建てるなどしたことは、加賀の文化を語る上で無視してはなるまい。左源次には次の狂歌もある。

天満宮と大黒を一首に詠み込みて奉納せよといひこされしかば
大黒の槌の中にぞ宝あり　何でも自由自在天神

天神講は二月に限らず他の月でも二十五日におこなわれることがあった。最近では「天神講」というと福井県や新潟県のものがとりあげられる印象があるが、金沢でもおこなわれていたことが、この狂歌から確認できる。

福井県のそれでは「焼き鰈」をお供えする。二〇二二年一月二十日『北國新聞』朝

刊「くらし日記」に、子供のころ福井県で過ごされた田原康子氏が「天神講の日に「焼きカレイ」をお供えしてお帰りになっていただきます」と書かれている。現在、新潟県燕市では、二月二十五日に「天神講菓子」を供えて、学業成就などを願うが、かつて金沢ではぼた餅を供え、そのぼた餅を知り合い等に配ったことが知られる。

あえてこのようにくどくどしく書いたのは、今村充夫『加賀能登の年中行事』（前掲）を読むと、金沢市では正月に天神堂を大正ころまで飾ったとはでてくるが、二月二十五日についてはなんらの記述もないからである。むろん調査した時期には「天神の祭供」はすでにおこなわれていなかったとか、年中行事としては認識されなかったとは考えられる。今は江戸時代に比較すれば、天神への信仰も薄れ、天神講についても知らない方がいるのではと思ったから記した。

なお富山県高岡市にある射水神社では、二〇一九年から、傷んだり、引き継ぐ人がいない天神像の奉納を呼び掛けて、史料的価値が高いものは高岡市立博物館に寄託され、その他は二月におこなわれる「越中天神　清祓奉納」で焼納される。二〇一九年以来毎年『富山新聞』に「清祓奉納」の記事が掲載されるところに、富山県の天神信仰をうかがうことができる。それにしても、いったいどれほどの数の天神像が焼納されたかは気になるところである。

【うきふ】

うきふを振舞ひに行きけるに、さきに砂糖と入物を出しければ、皆なめたるに、亭主一首と望みけるまま
西海の波にうきふの平家より　先に亡ぶる佐藤継信

「ふ」と聞けば、加賀麩不室屋の「麩」などを思い浮かべられる方も多いだろうが、この狂歌の「うきふ」はそれと異なる。「うきふ」とは、今のお汁粉のようなものである。米粉（もち米、うるち米）を用いて団子を作り、小豆のしぼり汁で煮て、塩や砂糖で味付けをしたものである。今はお汁粉を酒の肴にする人は稀であろうが、当時はそのようなものであったようだ。

また最近は「女の人がつかうことば」といった、性別による言葉の分類は問題になるが、江戸時代にはそうしたことはなく、「女房詞」というものがあった。元禄五年（一六九二）『女中詞』に、「うきうき うきふ すすり団子」とある。

さて、すすり団子は、はやく『料理物語』（一六四三年）に出ており、団子が浮く様から「うきうき」とか「うきふ」といったのであろう。ただ、鎌倉時代の歌人藤原光俊に次の歌がある。

君といへば生ふるあさぎの池水にうきうきとのみなる心かな（『新撰六帖』）

この詠歌では「池水に浮き」と「うきうき」が掛詞になっており、「うきうき」は心がはずむ意である。「うきうき」という命名は、当時は貴重であった甘味が、女性の心をウキウキさせるものであったからではないかと想像している。一六九〇年ころは、まだ薩摩藩の黒糖の流通も限られ、高松藩の白砂糖も流通しておらず、砂糖は輸入にたよっていた。

何か祝い事があったのであろうか、うきふが振舞われることがあって、左源次が訪れる。うきふには、直接砂糖がかけられて出されず、別々に出されたので、砂糖だけ全部舐めてしまったというのである。礼儀作法という視点でいえば、うきふと砂糖を別々に出したほうが、砂糖をかけて出すよりも上品であったと考えてよい。一方、国内産の砂糖が流通していたとはいえ、けっして安価なものではないので、うきふ一杯にかけるのは少量であったと考えられるが、それをかけずに舐めてしまうのは下品・不躾といえるであろう。振舞った亭主と左源次の、いわば育ちの違いがよくでているが、そのような育ちの亭主だからだろう、内心はともかくとして咎めもせずに、「座興に一首お詠みください」ということになったのだと思われる。

源義経の家来に佐藤継信・忠信兄弟がいる。今は人形浄瑠璃や歌舞伎の人気演目『義経千本桜』で弟の忠信の方が知られていると思われるが、かつては兄の継信も『平家物語』によってよく知られていた。それには、元暦二年（一一八五）、屋島の戦いで、義経に向って平教経から放たれた矢を、身代わりになって受けて死んだことが描かれている。またさらに『平家物語』は、教経も壇ノ浦の戦いで壮絶な死に方をしたことが描かれている。

壇ノ浦の戦いに敗れ、西海（塩水）で死体となって浮かぶ平家より先に、屋島の戦いで亡くなったのが佐藤継信であるよ、という表の意に、塩味のうきふにかけるより先に、砂糖をなめてしまった意を掛けている。

うきふに黒砂糖をかけて出しけるに
赤下手（あかべた）の黒座頭の坊がひきたて　心うきふになりにけるかな

先の詠歌では、砂糖は別に用意されていたが、ここでは直接かけて出されている。詠歌からすると琵琶法師による演奏が行われた会があって、そのおりに出されたものではないかと思われる。うきふには白砂糖が用いられたが、ここでは黒砂糖を用いている。

「赤下手」は、たいへん下手な、という意。座頭は目の不自由な人のことで、琵琶を弾くなどして生計を立てる者がいた。「ひきたて」とあるので、平曲などを琵琶で弾いたのであろう。それが赤下手で、それを聴いて心がうきうきとしたととるのはむずかしいだろうから、「うきふ」の「う」に「憂」をこめて、憂鬱になったとみるべきであろう。「赤」と「黒」の対、「座頭」と「砂糖」の掛詞が技巧である。

【江戸詰めの人から】

江戸詰の人より黒砂糖を歳暮に得しかば
黒ざとは冬ぞなめたさ増さりける　一なめ誰ぞくれぬと思へば
又かつをぶしを得しに
誰をかも知る人に見せんかつをぶし　わしも武蔵の友からもろふて

江戸時代は「贈答文化」の時代といっても過言ではあるまい。今はいろいろな理由で物を贈ることが少なくなり、年賀状のやりとりでさえ断捨離されることがあるが、江戸時代には、いわゆるお中元やお歳暮として贈り合っている。ちなみに左源次のお中元は素麺だったようで、次の狂歌が残る。

ある方へ盆前に索麺を送りしに、前年素麺を三わけ奉るに、糸より細き志（こころざし）をも受るべかりしとて

中元を祝ふしるしの杉ならで　いとはづかしき三輪の素麺

「しるしの杉」とは、三輪の大神のあらわれた杉で、その「三輪」から連想させて「三輪素麺」を出した。現在でも皇室献上品として知られる素麺は「三輪の神杉」という。「輪島素麺」など加賀藩領でも素麺は作られていたが、同じ地域の人の贈り物としては、違う地域のブランド品であったのであろう。なお、伊達政宗の書状の中には、大納言様に「子籠の塩引」「薄塩の鱈」に加えて、「風味のよい在所の雉子」を進上すると書いたものがある。十二月十七日付けの書状なので、今でいうお歳暮である。こうしたことが御切米五十俵の御壁塗などの間でも行われていたことが確認できる。鰹節は、今は珍しくなったが、かつては削られた状態ではないものがお歳暮の定番であった。それは江戸時代も変わらない。しかし、黒砂糖は江戸詰の人ならではのお歳暮といえよう。政宗が「在所の雉子」を贈るようなもので、加賀では手に入りにくいものであるところに価値がある。

さて、どちらの詠歌も右のように『小倉百人一首』所載歌をもじっている。

山里は
冬ぞさびしさ
まさりけり
人目も草も
かれぬとおもへば

↓黒ざとは
↓冬ぞなめたさ
↓増さりける
↓一なめ誰ぞ
↓くれぬと思へば

誰をかも
知る人にせん
高砂の
松も昔の
友ならなくに

↓誰をかも
↓知る人に見せん
↓かつをぶし
↓わしも武蔵の
↓友からもろふて

お歳暮の返礼のおりに告げられた狂歌であったと考えられる。

評価は別れるだろうが、「山里」を「黒砂糖」とした前者が、後者よりよくできているように思われる。

ある人、江戸詰の儀礼とて、松の枝を小蓋に敷き、鰤の小串くるみを出されて、一首とある。三品よみ連ねて

江戸詰に行きてくるみは息災で　ぶりもお供や十がへりの松

ある人のところで、江戸ではこうするのがきちんとしたやり方ということで、松の枝を敷いた上に料理が載せられたものが出された。江戸の文化がこのように流布していくことがわかる前書である。ごく日常的なことではなく、日常的ではないときに余興的に何かをもとめられる、というのが当時の文化であったのであろう。

さて、狂歌は、三品（くるみ、ぶり、松）を詠み込んだところが面白味。「行きて来る」と「くるみ」を掛ける。「十返の松」とは、「千年を経た松」から「長い年月」の

比喩として用いる。「松」に「待つ」が掛けられている。江戸詰に行ってくる身が息災で、ぶりをお供としてお帰りになるのを長くお待ちしてます、の意。

【鱈】

鱈は、加賀藩領内の人々のソールフードであった。

鏡直しに用ひよとや、早春に鱈を得しかば、挨拶に
魚の雪いただく年も若やぎて　わしのかがみを直さんといふ

贈り物をいただいて私も若やいだ、鏡を直して、髪を整えよう、という意。「魚の雪」とは「鱈」のことで、（頭に）雪をいただくとは白髪になって年をとったことの比喩表現。「いただく」は頂戴するの意とかぶるの意の掛詞。「かがみを直さん」に「鏡直し」と「髪を直す」を掛ける。鏡直しのおりの雑煮に鱈を用いたのか、雑煮とは別

に調理されたのかはわからない。

二〇二二年二月十七日『日本経済新聞』「春秋」の冒頭は以下のようにある。

魚編に雪、と書いてタラと読む。先日、読売新聞の俳壇にこんな句が載った。「丸一匹捌くや母の寒鱈汁」。関東在住の男性の投句だが、古里は雪国だろうか。鱈汁と「雪国」は今でも縁語といってよいだろう。

鱈汁の吸口に浅草海苔を用ひ振舞ひければ
浅草の御法（のり）は汁にうかむなり　鱈二本にてだだみだぶだぶ

汁物に香りを添えるために少しばかり浮かべるものを「吸口（すいくち）」という。それに浅草海苔が用いられた。海苔は、味だけでなく香の良さもあわせて評価される。

仏教の法（のり）と同様にありがたいものなので「海苔（のり）」と名付けられたという珍説を読んだことがあるが、左源次も同じような発想をして、「浅草海苔」から連想して浅草寺における御法を詠じた。「だだみ」は鱈の白子のことで、それが鱈汁で揺れ動くさまを「だぶだぶ」とした。「南無阿弥陀仏」に音を通わせるためであろう。

ひらき鱈と寿といふ菓子を祝ふてたまはり、ひらいたらや嘸（さぞ）やの
御詠殊に勝れ感吟の余りその御請けとて
新玉（あらたま）の春から運を開き鱈　千世もと祝ひたまふことぶき

新春のお祝いにいただいた、ひらき鱈と「寿」（菓子）に「ひらいたらや嘸や」の文言の入った狂歌（全体は不明）が添えてあり、その返歌と考えられる。新春の運を開く、開き鱈、千代の寿命とことぶく、お菓子であるよ、の意。「運が開き」と「ひらき鱈」が掛けられている。またお菓子の名の「寿」も詠み込まれ、実にめでたいものとなっている。

かつて扇は「末広」と称し、未来が広がって繁栄する開運グッズであったが、いわ

ば開運フードとして「開き鱈」があったことがうかがわれる。身分にもよるであろうが、新春の贈り物に鱈が入っているところに地域性があろう。

墨型の御所落雁に塩鱈を添えてたまはりける礼に
戴くや頭につもる雪の魚　長生殿の裏にすみがた

この狂歌でも、鱈と菓子がセットで贈られたことがわかる。先の狂歌からすると、これも新春の賜り物であろうか。「墨型の御所落雁」とはあらためて述べるまでもなかろうが、「長生殿」といわれる菓子である。前田利常の創意で、唐墨の形となり、小堀遠州が「長生殿」と名付けたとされる。現在も「森八」で販売されており、金沢を代表する銘菓の一つである。

頭に積もる雪は白髪で、白髪になるほど長生きということから「長生殿」を導きだしている。「雪の魚」は鱈のことである。「裏」は、ここでは「中」の意。「すみがた」は菓子の形であるとともに「住み」を掛ける。「住みがたい」の意とすると、新春に頂戴したもののお礼にふさわしくないので、そのようにはとらない。いただきました、鱈と墨型の落雁を、白髪になるまで長生殿の中に住んで長生きをしていきたいものです、といった意である。

【菓子など】

橘屋落雁

橘や小島が崎も氷るらん　形田に入れておこす落雁

金沢のお土産菓子として、前述の「長生殿」の他、嘉永二年（一八四九）創業とされる「落雁諸江屋」の落雁がよく知られるが、かつて「橘屋」という、落雁を販売する店があったものと思われる。店名から『平家物語』の名場面、梶原源太景季と佐々木四郎高綱の先陣争いの場「橘の小島が崎」を出した。

「八景」については先に述べたが、近江八景の一つに「堅田の落雁」がある。「落雁」

はそもそも舞い降りる雁のことで、その形が似ていることと有名な「堅田の落雁」から、菓子の名に用いられたという説がある。真偽のほどはさだかではないが、左源次も同じように連想して、木型を「形田」としている。

鳥の「落雁」は秋の季語であるが、菓子の落雁がかためた菓子であることから、同じくかたまる「氷」を出した。

ある人の一位の木の楊枝をくれし代りに、草団子を振る舞ひて
かへてくへお笑ひ草の団子をば　一位一位といふていくらも

「一位」は彫刻材となる植物である。イチイは岐阜県の県木で、飛騨の位山に原生林があり、天皇即位にあたって献上されるのが、位山のイチイの笏である。イチイを用いた箸はみたことがあるが、江戸時代、楊枝にどれほど用いられたかはわからない。ただお返しに草団子を振る舞うほどなので、それなりの価値はあったものと思われる。

左源次の狂歌に

飛州の名産位山の木にて造りししほりはし、殊にたくめる硯箱に鮎を添へて
下されければ

鮎の魚はしでへしおりくらひ山　墨よりもきつ蓼をすりつつ

とあるので、位山産のイチイの楊枝であったのかもしれない。

狂歌は、笑ってしまうような粗末の意の「お笑い草」と「草団子」を掛けた。またそのようなたいしたこともない草団子だが「一位」といっていくらでもお食べください、の意。「木」と「草」は縁語で、楊枝と草団子で、硬いものと柔らかいものを対比した。

花橘の菓子と松屋の酒と肴と添へて持参有りしかば、その客に
留めたきは花橘とけふの客　又もまつやの酒も肴も

『古今和歌集』に次の和歌が載る。

五月待つ花橘の香をかげば昔の人の袖の香ぞする

（五月を待って咲く橘の花の香をかぐと、昔親しくしていた人の袖の香りがする）

一般教養だったといっても過言でないほど、昔は有名だった和歌である。この和歌のように「花橘」は視覚的な美しさよりも香りがおさえどころである。それをふまえて、まずは花橘の香を（袖に）留めたい、ということになる。その雅を転じて、菓子の花橘と酒と肴とそれらを持参した客を留めたいと俗にしたところが面白味である。「まつやの酒」には「松屋」と「（客）を待つ」が掛けられている。

生菓子

名物の虎屋なりける生菓子は　たけに勝れて見事なりけり

「虎屋」の和菓子は現在も有名だが、江戸時代も皇室御用達の菓子屋として知られていた。「生菓子」とあるので、左源次は、京を訪れたときに食したのかもしれない。「虎は千里の藪に住む」といったことわざがあり、虎と竹は付きもので、屏風絵などにもしばしば描かれているので、美術館などでそうした絵をご覧になった方も多いのではないか。「たけ」には「竹」と「丈」が掛けられており、和菓子の大きさが見事だといっている。

近江八景の内に観音町夜飴をうちいれて
なんぞひとつまつこのみやげ観音の　町からさきによるの飴買ふ

近江八景の一つに「唐崎の夜雨」があり、近江国の唐崎神社に「唐崎の松」がある。すなわち、〈うちいれた〉八景が「唐崎」である。なお八景のうち「唐崎」をうちいれた背景には、兼六園内にも「唐崎の夜雨」があることが関係しているかもしれない。

「観音町」の名は、一時期用いられなかったが、二〇一九年五月一日に旧町名が復活され、『北國新聞』にとりあげられるなどした。この町の飴屋のことが『金沢古蹟志』（巻三十三）に以下のごとくある。

観音町中程北側に飴屋あり。世人観音町の御用飴屋と称し、今に至り連綿す。亀尾記に云ふ。従前毎年七月九日・十日は、観音院の四万六千日とて、夜祭ありて、群参し、家土産にとて此に飴を買ふもの夥しく、容易く求め得がたくして、空しく帰るものも多し。されば堀越左源次なるもの狂歌をよめり。

観音町の夜のあめ

店さきへ遠こち人の集まりて　我からさきと迫りあうて買ふ

此の狂歌をば藩侯の一覧に備へければ、いたく笑はせられ、彼飴屋へ遣はせと宣ひけるゆゑ、則左源次持参して与へけりとて、今に所蔵す。

飴といえば、金沢のお土産としてもよく知られる俵屋を思い浮かべられる方が多いと思われるが、その創業が天保元年（一八三〇）とされるので、それより少し前の咄である。観音院の四万六千日（しまんろくせんにち。この日にお参りすると四万六千日分の功徳が得られる）は、現在も有名な行事で、御本尊様のご開帳、「祈祷のとうきび」がいただける。

さて、狂歌は「まつ」に「松」と「待つ」、「よる」に「夜」と「寄る」を掛ける。

近江八景の一つと、観音町夜飴が詠み入れられて、よくできている。

右の『金沢古蹟志』の咄は、面白いと評判になれば、そのことを藩主にお知らせする者がいたことを教えてくれて興味深い。なお狂歌には異同があり、「遠近の人がよるの飴」とする伝本がある。こちらの方が、「よる」に「夜」と「寄る」が掛けられてあり、技巧的にはすぐれている。

【氷室の氷】

「氷室」とは、冬に氷を貯蔵した蔵のことである。貯蔵された氷は夏に食された。冷蔵庫もなく、製氷技術のない時代、夏の氷は貴重品であったため、加賀藩は将軍家への夏の献上品として用いた。現在でも、金沢の方々にとっては特別な存在で、六月晦日を「氷室開きの日」とし、七月一日は「氷室の日」とする。最近では金沢の湯涌でおこなわれる氷室関連の行事がよく知られる。

ある方にて、氷室の日、雪の氷をくれて、謡（うたい）会を催しければ忠度
雪くれてこの下手どもの宿をせば　腹や今宵ぞ疝気ならまし

藩政期は「氷室の朔日（ついたち）」としていたと書かれているものを読んだことがあるが、この狂歌の前書きを見る限り、現在と同様に「氷室の日」ともいっていたことがわかる。

現在、金沢では氷室饅頭が食されるが、前書きによると、氷が振舞われ、謡の会も催されている。現在でも、この日に謡をなされる方がおられるとのことで、まさに伝統文化といってよいだろう。

おそらくこの日に謡われたであろう謡曲「忠度」の中には、次の和歌が詠まれている。

行き暮れて木（こ）の下陰を宿とせば　花や今宵の主ならまし

狂歌は、これを以下の様にもじったものである。

行き暮れて　→　雪くれて

木の下陰を　↓　この下手どもの
宿とせば　↓　宿をせば
花や今宵の　↓　腹や今宵ぞ
主ならまし　↓　疝気ならまし

漢方で疝は痛の意で、主として下腹痛をいう。氷を食べてお腹が冷えて痛くなるというのである。狂歌は、雪をくれて、それを食べた謡の下手どもが宿れば、下手どもの腹は今晩痛くなって、たいへんなことになるだろう、という意。

【その他】

ある方へ招かれしが、肴のいと稀なる折ならず見事なる鯛の焼き物を出されければ、思ひよらずふと手をついて
これは四たり五たり六たり　七八たりさても目出鯛

祝い事などに鯛はかかせぬものであった。加賀料理を代表するものの一つも「鯛のからむし」である。語呂が合うことから「めでたい」魚とされる。左源次もそれを用いた。なお将軍家が好んだから「大位」、公家の好む鯉は「高位」と表記されることがあるという。

ある人の宮の腰の鯛をたまはりける礼に
北海のこへたる鯛をさかなにて　まづ大盃をわきはさみたり

「宮の腰」は現在の金沢市金石で、犀川の河口である。そこの湊にあがった鯛をいただいたということであろう。

「北海」すなわち「日本海」でとれた、肥えた鯛を肴として酒を飲むので、(恵比寿様が鯛を脇に挟むように)、その準備としてまず大盃を脇にはさんで用意している、といった意である。恵比寿様が鯛を脇に挟んだ絵が刷られた引き札や暦は多く、折々、博物館などで展示され、左源次も次の狂歌を詠じている。

鯛四たりより九たりの次をつひて
ここもとはもしも恵比寿の一家では　御座らぬかへとちやつと十たり

なお、「宮腰」の名は『源平盛衰記』などの軍記物語に記され、『小栗判官』（説教節）では、照手姫を買って、小松の商人に売ったのが宮腰の商人とある。また初代中村歌右衛門や銭屋五兵衛の出身地である。江戸時代、宮腰の名は全国的によく知られていたと考えられる。

ごりの汁をまかなひ給へといふ事を
ぶつたいてすきのごり汁鍋かけて　待ち給へかし押しかけぬべし

ごり（鮴）は、かつては犀川、浅野川でよくとれた小魚で、加賀料理には欠かせない魚である。二〇二二年一月二十六日『北國新聞』夕刊掲載「カジカゴリ増えて」に「金沢漁協によると、から揚げや白みそ仕立てのゴリ汁が郷土料理となっている金沢のゴリは、昭和四十年代以降に激減した。漁協では二〇一三年から毎年、産卵期の二〜

五月に産卵床を設置している」とある。

犀川、浅野川の川べりに「ごりや」という「ごり料理」で知られる料亭があり、作家の五木寛之は浅野川の料亭によく行ったそうだが（『新地図のない旅』）、今はどちらもない。ただし、大友楼、金城楼など一流料亭で、美味なるごり汁を食することができる。草間時彦『旅・名句を求めて』（一九九六年、富士見書房）に「河原で素朴なごり汁をたのしむ一方、高級な料理法も研究していたのである。これが金沢の文化といってよい」とある。ご馳走してくれといわれて、左源次がこしらえるのは、素朴なものであろう。

動詞を強める「ぶち」の音便「ぶっ」を用いた「ぶったいて」は粗野な言い方で、滑稽味が出る。「鍋かけ」と「押しかけ」の「かけ」が対になってリズム感を出している。

白山にて飛び魚なきやと尋ぬるに、ごりばかりありと答ふるに
ひとっ飛びに飛び魚なりし近道を　五里ばかりというその川魚

白山でわざわざ本物の飛び魚を求めるとは考え難いので、狂歌の内容からして、ひとっとびで行ける近道をたずね、五里あると聞いた、ということかと思われる。自分の感覚からすれば、一里約四キロであるから、近道とは思われないのだが、当時の人はどのように感じたのだろうか。また「飛び」が繰り返されるので飛騨への近道かもしれないが、確かなことはわからない。

ひとっ飛びに、飛び魚のように飛んでいきたい近道を聞いたところ、五里ほどであるというのは、海魚の飛び魚ではなく、川魚の鯱のようにのろく進み具合が悪い、の意。

蕪（かぶら）茎、なれかぬるとて、気にかかる人あるに

我見ても久しくなれぬ蕪くき　をもりの石のいく夜経ぬらむ

現代では冬の季語とされる「茎漬け」のことかと思われる。塩漬けも麹漬けもあり、

重石を載せて漬け込む。

かつて前田家領だった地域で作られるものの一つに「蕪（かぶら）ずし」がある。蕪に鰤を挟み込んで醗酵させたなれずしで、むろん味の好みは人それぞれなので好き嫌いはあろうが、かつて金沢の方にいただいたものは美味礼賛であった。この狂歌にある、なかなか熟成しない蕪茎が、今の蕪ずしと似た物であったかはわからない。

狂歌は、蕪茎を、なつかない子供に見立て、重（おも）りの石を「お守の石」とし、なつかない子のお守をして、どのくらい夜を過ごしているのだろう、とする。後で述べることになるが、「気にかかる人（心配している人）」の心を狂歌によって和ませている。

田楽

来る人を松のもとにてもてなしに　やくやとうふのみそこがしつつ

歌題の「田楽」は豆腐田楽のことである。『小倉百人一首』所載の一首として有名な藤原定家の歌を、以下の様にもじって詠んだ。

来ぬ人を　↓来る人を
松帆の浦の　↓松のもとにて
夕なぎに　↓もてなしに
焼くや藻塩の　↓やくやとうふの
身もこがれつつ　↓みそこがしつつ

来る人を松の下で待って、おもてなしの豆腐田楽をつくっており、豆腐を焼いて、それにつけた味噌を焦がしている、の意。

そば粉がねこになりければ
にやむ三宝そば粉がねこになりにけり　またひき直せ臼でころころ

「ねこ（寝粉）」は古くなって食用にならなくなった粉をいう。それに「猫」をひびかせて詠作している。そば粉がだめになってしまったので、「しまった」「大変だ」の意で「南無三宝」といった。その「南無」に、猫の鳴き声「ニャム」を掛けた。また「ころころ」に粉が丸くなる様と、猫がのどを鳴らす声「ごろごろ」を掛ける。

なお、そばを振舞う事が次の狂歌で詠まれている。

そばきりを振舞はん、昼よきや、宵中よきや、と言ひ越しける返事に
もとよりしたしすぎなり御意はよし　君がそばなら昼も夜中も
（「そば」に「側（近く）」と「蕎麦」を掛ける）

左源次は料理屋の狂歌も詠んでいるので、以下にあげておく。実際に利用したものと思われる。

春の頃、中屋といふ料理屋にて
三芳野へ行くも中屋へ来る我も　鼻の下なる同じ楽しみ

文化二年（一八〇五）正月の「料理屋株仲間名書」（『金沢市史　資料編7』）によれば、名書のある十六軒中三軒が「中屋」であり、このうちのどれかであろうが、それ以上

のことはわからない。
「鼻」に「花」を掛け、「花」の名所である三芳野での花の下の「雅」と、料理屋で鼻の下を延ばす「俗」が対比されている。

料理屋

料理屋はさながら夏のねやに似て　のみ喰いにくるかも喰にくる

狂歌は、飲みに来たり、鴨を食べにくる、この料理屋は、夏の寝室のように、蚤や蚊が自分を食いに来ることよ、といった意。「蚤」と「呑み」、「蚊も」と「鴨」を掛ける。

鴨については以下の狂歌がある。

ある方より鴨をたまはりたる返事の末に書きて遣はし侍る

鳥甲おし戴きてかげながく　まづ礼人の姿なりけり

「鴨」を「鳥」と「甲」に分けて、甲（かぶと）を、お礼を申し上げるあなた様のお姿としてずっとまつります、といった意である。「まづ礼人」は、「まつれ」と「まづ礼」とを掛ける。いただいた鴨は自宅で料理したと考えられるが、二〇二二年一月二十日『北國新聞』朝刊掲載「十万石でもすごい大聖寺④」は「鴨鍋あっての坂網猟」と題され、「加賀では猟だけでなく、鴨料理の文化もセットで生まれた」とある。むろん鴨料理を出す店は加賀にしかないわけではないが、「料理屋は」の狂歌は、料理屋で鴨料理を食べる文化があってのものといえようか。

5

左源次の狂歌の需要

【一首所望】

左源次には本業以外に、他の人が求める「業（わざ）」があった。その第一にあげられるのが、詠歌（狂歌）である。その力量を認める人に、自作の評価を求め、点を付けてもらいたいというのが、普通、考えられることである。左源次に次の狂歌がある。

ある人、狂歌に、予に点せよとあるに点して

あつく御覧なして給はれお狂歌の　病を直す灸の点なり

後でも述べるが、左源次はお灸も得意であったようである。当時お灸は一般におこなわれた治療法である。「狂」と「灸」は音が似ているので、それに例えたところが面白味である。お灸が熱いように、厚く御覧下さい、またお灸で病を直すように、狂歌の悪い点を直すとしている。「あつく御覧なして給はれ」とか「お狂歌」とかを慇懃無礼だと感じられる方もおられようが、こうした過度のいいまわしは滑稽を生む技法である。

やんごとなき人の前にて一首と筆を出されける時

手もつかず頭もろくに左源次が　慮外もかへり水茎（みずくき）の跡

「やんごとなき人」は高貴な人のことで、誰であるかはわからないが公家のようである。筆を出されたということは、口頭では許されなかったことを意味しようから、かなりの身分差があったと考えられる。「狂歌を一首」と所望されるほど、左源次の狂歌の力量が知られていたことがうかがわれる。

狂歌は「（高貴な人の前で）手を突いて、頭もろくにさげない」と「身も入らず、あたまも冴えない」を掛ける。「左源次」に「下げじ」と「冴えじ」を掛ける。「慮外」はここでは「無礼にも」の意。「かへり水」に「顧みず」と「水茎」を掛ける。「水茎」には毛筆を意味することから「水茎の跡」は「筆跡」を意味する。狂歌冒頭の「手」には「書の技術」「筆跡」の意もあるので、「水茎の跡」の縁語となる。手もつかず、頭もろくに下げない、頭の冴えない左源次が、無礼を顧みず、短冊に書きます、の意である。

ある人、一首詠まずば帰すまじとて留めしに

鳥の音にあらねどとざしを許せかし　三十字（みそじ）にあまる文字の関守

前書きに記されていないので、よくわからないが、ある人の家を訪問した左源次が帰ろうとしたときに、座興をもとめられたということか。この狂歌も、左源次だからこそ、漢詩や和歌ではなく「狂歌」がもとめられた、ということであろう。

斉の国の孟嘗君が、秦の国から逃れるおりに、鶏が鳴くまで開かない函谷関を、鳴き声のうまい家来の働きによって開けさせ、通過して逃げることができたという故事「函谷関の鶏鳴」を踏まえている。函谷関のことは『枕草子』にも出てくるので、現代でも古典を高校で学んだ人にはよく知られていよう。狂歌は、鳥の鳴き声ではなく、「三十字にあまる文字」すなわち狂歌一首で、閉ざしを開く関守よ、許して、開いてく

ださい、という意。

【富士に讃】

富士の絵に讃せよとあるに

一富士に二たか似んその歌よむは　三になすびのへたの皮ぞや

何も書いていない紙に、絵よりも先に狂歌を書くというならば、書き損じをしても、新しい紙を用意して書き直しをすればよい。しかし、絵の画かれたものに讃として狂歌を書くということは、画かれた絵を解釈したうえで狂歌を詠み、書き損じなく、掛物等としてふさわしいように書き付けなければならない。そうした力量があると評価されていなければ讃は依頼されない。

初夢で見て縁起の良いものとして「一富士、二鷹、三なすび」と言われていた。それをふまえて、それによく似た歌を詠む者は、なすびのヘタの皮ではないが、下手な私であるとする。「なすびのへた」に「下手」を掛けた。古くは『竹取物語』にもみられるように、富士は「不死」に通じ、懸物の画としてよく描かれた。縁起がよいためか需要があったようで、次の狂歌もある。

老人躰の人物、埋火(うずみび)を抱へ、富士山をながめし画に、讃を頼みしに
埋火を友とするがの富士三里　あし高山やすそ野あたたか

前書きにある「埋火」は炭火のことなので、直接持つことはあるまい。埋火の入った火鉢を抱えて、ということであろう。すなわち老人が火鉢を抱えながら富士山を見ている画に、左源次が讃を頼まれたということである。

『奥の細道』の冒頭に「三里の灸すゆる」とあるように、「足三里」は足の疲れをとるなどとされる足のツボである。よく知られていたツボで、後述するように左源次は灸の依頼もされるので、当然、知っていたであろう。先に見たように、左源次は江戸や京を訪れており、その際に足三里に灸をすえたことは容易に想像される。また富士

山の周りにある足高山（愛鷹山）、足和田山、足柄山を「富士三脚」といった。こうしたことをふまえた狂歌である。

「するが」に「友とする」と「駿河」を掛ける。「富士三里」は「足三里」のもじり。「すそ野」に着物の裾を掛ける。駿河国の富士山の近くにある足高山の裾野では、埋火を友として、足三里に灸をしているので、裾のあたりまで暖かなことだ、という意。

【達磨の讃】

達磨の三味線弾く懸物に

極楽はどこらにあるとしりくさる　ここは浄瑠璃世界なるぞや

達磨は禅宗の僧で、座禅をして壁に向かうという修行「壁観（へきかん）」を九年もしたこと（面壁九年）で知られていた。達磨が壁に向かう座像は多く描かれ、厳粛さを漂わせるものが伝統的であるが、高僧にふさわしくない、軽々しくて俗な三味線を弾かせることによって、滑稽な絵すなわち戯画としている。「滑稽」な表現を生む一つの方法は、「伝統的なもの」を引用し、それを「俗なもの」に変換させることである。その意味で、戯画と狂歌は通じるものがある。

さて「しりくさる」は「知りくさる」と「尻腐る」を掛ける。「達磨がしりくさる」といった表現は、左源次のお気に入りだったようで、次の二首の狂歌も詠じている。

本来無一物前書

なに九年、くがい十年、桃栗三年、柿八年、お乳母の五年に、後家一年、しかも待ちかねたる一年みだ仏、則滅無量様々の浮き名も、かのふんどしのだらりと達磨にしばしこととへば、なしと答ふる。本来空一つきで生ひ出て、仏のたね　なむからたんのふとらや、ボギヤヲギヤア

本来をしりくさつてや達磨坊　しやう事なしの無一物かな

(「無一物」は、禅宗で使用される言葉で、事物はあらゆるものが本来空(くう)であるので、執着すべきものは何一つないという意)

寄達磨恋

しのぶれど達磨にあらでわが恋は　いつしか人がしりくさつたり

（『百人一首』所載「しのぶれど色に出にけりわが恋はものや思ふと人のとふまで」のもじり）

「知りくさる」のような表現は、粗野な言い方である。達磨は九年間も座禅を続け、手足が腐りそうだったという話をもとに、手足ではなく尻が腐るとした。三味線は浄瑠璃の伴奏楽器である。左源次のころの浄瑠璃には様々な種類があり、左源次がイメージした「浄瑠璃世界」がどのようなものであったか明確ではないが、いずれの流派のものでも宗教世界ではなく、世俗世界がうたわれる。

狂歌は、極楽がどこにあるか知っているか、尻が腐るほど修行した達磨よ、ここは浄瑠璃でうたわれる色恋などの世界であるよ、の意である。

【その他】

福禄寿、尻をまくり寒むそふな、川を渡る見物に讃、坂井頼み
あたまかち尻すぼめたる下手のかは　上手に渡れ世の中の人

「見物」は「みもの」と読んで、「見る価値のあるおもしろい物」といった意であろう。福禄寿は七福神の一つで、よく知られる道教の神様である。その福禄寿が、尻をまくって寒そうに川を渡る画であるから、これも戯画といえよう。

福禄寿が描かれるとき、その頭が大きく描かれる。頭の大きいことを「頭でっかち」といったが、「頭かち」はそれが省略されたものであろう。とすれば「頭でっかち尻すぼり」という慣用句を詠み込んでいる。頭の大きい福禄寿は尻をすぼめて下手に川の下流を渡っているが、世間の人は上手に上流を渡りなさいよ、という意。「下手」「上手」に、ものごとがうまくできる、できないの意と川の「下流」「上流」を掛ける。さ

らに「世渡り上手になれ」と暗にいっている。

当時京師に名だたる薬子（くすりこ）とて、三味線持ちし生写しの懸物に讃せよとあり。三浦氏頼みなれば

罰利生（ばちりしょう）あらたなりける御影像　いとだにとめやひくてあまたに

「薬子」は、元日、宮中で屠蘇の毒見をする少女のことである。「罰利生」は、もともと神仏が与える罰と利益のことであるが、三味線を持っている画なので、「罰」に「撥（ばち）」を掛けた。すでに俳書『類船集』（一六七六年）で「罰利生」を、撥さばきが巧みである、その功徳がある、としている。御利益のある肖像画なので、糸でとめておきなさい、欲しい人がたくさんおり（とられるといけないので）、という意。三味線を「弾く」と「引く手」を掛ける。「いと（糸）」と「ひく（弾く）」は三味線の縁語。

木履足駄を商ふ者、新宅を求めて、商ひのあるように懸物を書きてくれよといふに

召されよや夕もあしたも時わかず　たんとおあしのはいる木履屋

「木履」は、「きぐつ」「ぼくり」「ぽっくり」などと読まれる。木製の履物である。狂歌では三音なので「ぼくり」と読むか。木履足駄を扱う者が、新しい店でそれを商うので、商売繁盛の懸物を書いてくれというのである。

夕方も朝も時を分け隔てず、ずっとお履き下さい、いくらでも御足が入る木履ですから、が狂歌の意味だが、「おあし」にお金の意をかけて、木履が売れて、たくさんお金が入る、の意を込める。

武田氏、茶碗の箱に書き付けせよとあるに

万代をふるに茶釜の音さへて　ふくかげんよきにへの松風

茶碗の箱書きも依頼されたことがわかる。「箱書き」であるから、この茶碗は日常使いではなく、お茶会などで使用する物であろう。

万代を経た茶釜でわかす湯の音は冴えて、松風が吹く中、加減良く煮える音を待つ、の意。「万代をふる」、「ふく（福）」、「松」と縁起の良い言葉を盛り込んでいる。「ふく（吹く）」と「風」は縁語。なお川端康成の『雪国』に「京出来の古い鉄瓶で、やはらかい松風の音がしてゐた」とある。古い用例を見付けられないので、憶測にすぎないが、この狂歌でも「にへの松風」は茶釜のにえる音のことかもしれない。

昌柳寺といふ法華寺より、旦那とて涅槃の像をば、津田氏影（えが）けるとて、予にめでたき書き付けせよ、とあるに

方便現涅槃（ほうべんげんねはん）の像を影けるは　而実不滅の家なればとて

津田氏が影写した涅槃像（釈迦入滅の姿を描いた図）に、めでたいものを書き付けよ、という依頼にこたえた狂歌である。「方便現涅槃」は涅槃像のこと。「而実不滅」は永

遠の命を確信すれば、宝処になる、の意。津田氏の家が、法華宗を厚く信仰していることを詠んでいる。

綿抜蔵『狂歌百人一首図絵』より

6　左源次の余技等

【練甲】

予、練甲製しける前書

笠もたぬ茸狩、芋の葉をかぶりてにはか雨をしのぎ、愚が練甲も流矢をふせぐに又可也。かねよりもかたしとは、竹光に対する言葉ぞかし

緋緘（ひおどし）や卯の花をどし是は又　人目をどしの鎧なりけり

前書きは、笠を持たずにキノコ狩りに行ったおりに、にわか雨は芋の葉をかぶってしのぐ、自分の作った練甲も流れ矢ならふせげる、金より堅いというが、この練甲の場合、その金とは竹光（竹製の刀）のことで、本物の刀ならばふせげない、といった意である。

「練甲」は練革兜（ねりかわかぶと）のことで、皮を用いて作られた兜であろう。鎧は、その色で「緋緘」（緋色）と「卯の花緘」（白色）があり、練革製のものは、（防御するものとしてはともかく）人をおどすものではあるなぁ、との意。「をどし」を三回

用いたところが技巧である。

練甲稽古細工所建てなんと、門人達相談あるに
本胴建立　　　　　質沢山　左源寺
ただたのめ衆生のためのねり具足　糊の力にとふとかりけり
なべの中の糊の力を頼むなら　杓子堂から建ててかかれよ

門人たちが、練甲稽古の細工所を立てようと相談するほど、左源次の力量がすぐれていたことがわかる。甲の縁で「胴」を出し、本堂の縁で左源次ではなく、左源〈寺〉とした。また寺なので山号「質沢山」とした。質屋に入れたものがたくさんある、という意を込める。むろん言語遊戯だが、実際にどの程度の頻度かはわからぬものの、質屋を利用していたようである。

狂歌はどちらも寺の縁語を用いている。皮を糊で貼るので「糊の力」が詠まれている。「糊」には「法」が掛けられ、糊をすくう「杓子」と「釈氏」を出した。

【細工】

二〇二二年三月十日『北國新聞』朝刊掲載「木曜手帳」は寺田展子氏の「人をつなぐ工芸」であった。それに「美術工芸品を見て、使って楽しむだけの存在ではない。人をつなぎ、人と出会わせてくれるものだ」とある。左源次は手先が器用だったようで、練甲に限らず、左源次手作りのものの出来栄えはなかなかであったようである。美術工芸品と評価してよいものかどうかはわからないが、人をつないだ工芸であったことは確かである。

予が細工物見たきと望む人、宝物と名付け、見料いか程にても出さんといふに
宝物をけふのお客にただ見せん　他人は二文一家一文

見たいと望み、「宝物」と名付け、見料をいくらでも払うというのだから、左源次の細工物はすぐれたものであったのであろう。今日のお客は「ただ（無料）」、他人は

二文、一家一門は一文とした見料を詠み込んでいる。さらに「見せん」に「三銭」をこめて、「三・二・一」としている。「一門」に「一文」を掛ける。また、確かではないが、「けふ」には「今日」と「京」が掛けられ、細工を見たいといった人は京の人だったかもしれない。

井口何某といふ医者、根付一つくれよといふに
息災で何しもねつけなかりけり　くれのなんのとりやうじをしやるな

先は細工物であったが、ここでは具体的に根付である。根付をくれといった人が医者なので、根付から「寝つけ」を出し、「りやうじ（療治）」を出した。「りやうじ」に「用事」を掛ける。息災で、少しも寝付くことはないので、「療治をしろとおっしゃるな」、根付は手元に一つもないので、「くれだとか、なんだとか用事をおっしゃるな」の意。

予が細工の根付を人にとられし時

下手の堀こしに付けしを無理やりに　取られて我は何の左源次

又

この根付つけてさげぬる印伝も　下手のかわとぞ人や見るらん

根付に関しては、「くれ」といわれるだけでなく、無理やりとられてしまうこともあったようである。ここで詠まれた「下手」は技術が劣る「ヘタ」の意だけでなく、「低い」の意の「しもて」もひびかせて、身分や立場が低いの意もこめられているように感じる。今も変わらぬ悲哀であろうが、身分社会では上位の立場の人に命令されたことを断るのはむずかしい。冗談めかしていう、というのは現代もあるが、狂歌だからこそ相手にいえることもあった、ということであろう。

はじめの狂歌は「堀こし」に「彫り腰」と「堀越」を掛け、「左源次」に「(根付を)下げ」を掛けて、名字を取られたら何と名乗るのか、根付を取られたら何をさげるのか、の意。「下手の堀」に下流の堀の意をこめ、次の狂歌でそれと対にして「下手のかわ」を出したが、表面的には「川の下流」の意はなく、「ヘタな皮」の意である。「印伝」は鹿等の皮をなめすなどして作られた袋物などのことである。二首めは、あなた様がお持ちの印伝は立派なものですが、それに私の下手な根付を付けますと、印伝も下手な物に思われますよ、の意である。

【按摩・灸】

左源次は細工の提供だけでなく、療治も提供していたようである。
当時の人たちの治療法に、按摩、灸、針があった。針はおこなわなかったようだが、按摩と灸はおこなったようである。

　人に按摩して遣す時、煎米（いりまい）を食ひて
二十四文とらぬかはりの煎米を　食べればさてもあんまあらんま

当時の人々の誰もが上手に按摩ができたとは考え難いので、左源次の特技であったかもしれない。

「～してつかはす」は、「してやる」と偉そうにしていう表現で、式亭三馬『浮世風呂』など滑稽本などで、登場人物が用いることによって「笑い」を誘うことがある。ここも左源次が尊大なのではなく、狂歌にふさわしい、おどけた表現を用いたということである。「煎米」は煎った米で、高級品ではなく、煎餅と同様そのまま食することができる。

左源次の時代、金沢での按摩代の標準が二十四文であったということであろう。「たべれば」は、「たまわれば」の意と「食べれば」の意を掛ける。按摩代二十四文のかわりの煎米をいただいて、食べれば按摩するというのである。参考までに述べると、左源次の没後数十年後の成立の『守貞謾稿』に、小児の按摩は上下揉んで二十四文とある。「按摩あらんま」の音の言葉遊びが面白味である。

今の内に来て灸をすへてくれよといふ紙面に
急なれどなんのもぐさも名染めだけ　頼むといはばやいと答へよ

按摩よりは難易度が低く、当時の人たちが一般にしていたことに灸（きゅう）がある。しかし、わざわざ依頼されることからすると、灸も上手であったのであろうか。

言語遊戯が過ぎて意味がとりにくいが、一案を述べておく。「急」に「灸（きゅう）」、「名染め」の「な」に「名」と「無」を掛け、急なことなのでお灸に使用する艾（もぐさ）が名前だけで無いとした。灸は「やいと」ともいい、「やい」に「はい」をひびかせて、どうしても頼むならば「はい、やいと（を用意する）」と答えてください、という意。「やい」を「やだ」ととって、艾がないので、さらに頼むといわれたら「やだ」と答えろと召使にいった、ともとれようか。

先にみたように、左源次は、しばしばその詠歌をもとめられている。それは加賀の人が好む狂歌を詠じる能力があったことを示している。見方によっては、加賀の人にとって、左源次の狂歌は、その細工物や按摩や灸と同じ存在であったともいえよう。

【茶】

江戸時代、金沢では、武士および武士と交わる人々にとって、茶道は嗜んでいて当然のようなところがあった。左源次も習っており、茶道にかかわる狂歌は少なくない。そのうちのいくつかを以下みていくことにする。

茶の稽古に来よと言ふ紙面の返事に、本歌取
いざけふははれの稽古にまじりなん　行かなばお茶のはな香かげかは

誰に学んでいたかはわからぬが、左源次がお茶の稽古していたことがわかる。「本歌」とあるのは『古今和歌集』に載る、次の素性法師の歌である。

いざけふは　→いざけふは
春の山辺に　→はれの稽古に
まじりなむ　→まじりなん

暮れなばなげの　↓行かなばお茶の
花のかげかは　　↓はな香かげかは
（さあ今日は春の山辺に入って遊ぼう。日が暮れたらなくなる花の陰でもなかろうから）
本歌の言葉を上手に変換しているといえよう。手紙の返事であるから、口頭ではなく、手紙で返事したものと思われる。手紙に、これが本歌だとは説明しないだろうから、『古今和歌集』をそらんじていた人が茶の先生であったことがうかがわれる。狂歌の「はな香」は煎じたてのかぐわしいお茶の香りのことである。

行きて、式台にて取次を乞けるに、内より一首とあるに、二人連なれば
式台で茶飲みませふといふ客が　御手前からと時宜をして居る

「式台」は、玄関をあがったすぐの部屋をいうときと玄関前の板敷きの部分をいうときがある。ここでは後者か。「御手前」にお茶のお点前とあなたを掛け、まずはあなた様がお点前をどうぞと譲っていることを詠んでいる。

内に入て一首前書

我にも茶をたてよとの事なんめり。へたへた下手の手前こそ、阿波の鳴門に波風もたたざる今の御代なれば、弓は袋に、客たちは茶屋に納り給ひてかせんをも今は茶せんにふりかへて　火花をちらしせめるにへ音

左源次が没してから三十年ほど後のことになるが、浮世絵師歌川広重は「六十余州名所図会」を描く。その一つ阿波国には「鳴門の風波」とある。阿波の鳴門は、激しく風が吹き、海があれることで知られていた。

戦さの無い、平和な世の中のことをいうのに、「波風がたたない」とか、「弓を袋にしまって使用しなくなった」とかいうことは、よく使われるいいまわしであった。世の中に本心としては不平不満があったかもしれないが、「御代」とはこういうものだという認識が当時はあった。『東海道中膝栗毛』にも以下の様にある。

毛筋ほどもゆるがぬ御代のためしには、鳥が鳴く吾妻錦絵に、鎧武者の美名を残し、弓も木太刀も額にして、千早振神の広前に、おさまれる豊津国のいさほしさ

（鎧武者は錦絵に描かれるのみであり、弓とか木太刀は「額」にして社寺に奉納されるものとなっている、すなわち戦さで使用されることがないということ）

さて、狂歌は、「火箭（かせん）」を用いず「茶筅（ちゃせん）」を用いるようになり、火器を用いて火花で敵を攻めることなく、火花を散らしてせめるのは釜の煮える音だ、というのである。

茶会に琴を聞て

富家自在徳有る人の茶の湯には　お茶碗迄もゑてん楽やき

それなりに富貴な人の家の茶会でもなければ、つまりごく普通の人の家の茶会では琴を聴くこともなかったので、その点を誉めどころとして詠んだ狂歌と考えられる。

琴が弾かれているので、曲名の「ゑてんらく（越天楽）」と茶碗の「楽焼き」を掛けたところが面白みである。

元旦の茶に用ひ給へとて、愚が細工の茶杓は竹に拵へ、ある方へ参らせける
上包に
幾千年のふしをこめたる茶杓には　万歳楽のお茶碗がよし

少なくとも左源次本人は、自分の作成した茶杓が、元旦の贈り物として恥ずかしくない出来映えだと考えていた、といってよかろう。「ふし」は、竹に節があることから導かれた言葉である。「不死」なのか「無事」なのか迷うが、幾千年も死なない、というのも大げさすぎるので、「無事」と解釈することにする。現代でも正月に用いる門松に「竹」も用いられているように、竹は縁起がよいとされる植物である。元旦の茶に用いるのにふさわしい。「万歳楽」は慶事のおりの雅楽の曲名で、やはりめでたい。

7 〈季節〉詠

季節を詠じた狂歌は、滑稽なものが少なく、上品なものが多い。比喩表現や掛詞など技巧の面白味が多いといえよう。

【春】

辰の年の初春に

恵方（えほう）から歳徳神（としとくじん）の御出（おいで）ぞと　いふて霞がたつの初はる

「辰の年」とあるが、文化文政期、辰年だったのは二度あり、文化五年（戊辰）ならば恵方は巳午の間、丙の方位、文政三年（庚辰）ならば申酉の間、庚の方位である。「恵方」は、その年に最もよいとされる方角である。現在「恵方巻」の広告でよく知られているといえようか。そこには、その年の福徳をつかさどる歳徳神がいる。おそらくどちらかの辰年に霞がたって初春をむかえたものと思われる。神々は雲などに乗って出現する事が多い。そこで霞が立つ様を神が出現する兆しと捉えた。「たつ」に「立つ」と「辰」が掛けられている。

巳の年　歳旦

辰の尾に食いついて来た巳の春は　さてさて長き日の初め哉

文化文政期、巳年だったのは文化六年と文政四年。どちらかと思われる。「巳」は蛇のことで、巳年は辰年の次に来るのでそれを「辰の尾に食いついて来た」と表現した。蛇は細長いことから「長き日」を出した。年越しそばと「長さ」を結びつけるように、長いことは縁起の良いことであった。また「さてさて」と「さて」を繰り返した滑稽味がある。

いつのころか年頭に狂歌を詠むことは恒例化しており、右の翌年のものと思われるものもある。

午の年頭酒呑みて
幾千歳汲めどもつきぬ酒は猶　呑めばのむ礼ア、午の春

次にあげる狂歌はいつ詠まれたかはわからない。

歳旦
四方山（よもやま）も挽茶（ひきちゃ）の色に春霞　まづ立ち初る今朝の大ぶく

「挽茶」は、茶の湯で用いられる粉茶のことで、その色は緑色である。「食用色素」「着色料」に色名として「挽茶色」があるほど、現在よく用いられる色である。まわりの山に春霞がかかっているが、それは挽茶色である、それはみどり色の松が立っているからであるとする。また歳旦には、「大福茶（おおぶくちゃ）」を飲む風習がある。そこで、今朝、まず最初にたてるのが大福茶であるとする。大福茶は元旦に飲む吉兆招福のお茶であり、無病息災を祈る。

霞

春霞けぶりと見るも道理こそ　雪の下からもへ出る草

「春霞」が煙と見える理由を詠んだ。「もへ」に「萌」と「燃」を掛ける。雪の下から草が「萌える」から、春霞が「燃える」煙と見えるのももっともなことだとする。

霞

川廻す霞は山の岩田帯　花のつぼみをはらむ大原

妊娠した女性が五か月目頃からつける腹帯を「岩田帯」という。春霞が川にたなびくさまを岩田帯に見立てて、その帯がかかった大原では花がつぼみをつけていて妊娠したようだ、との意。「川」から「山」を出し、「大原」に「腹」を掛け、妊娠して腹が大きくなったことをいう。

春興
きのふ迄顔の皺（しわ）をも明けて今朝　のんびりとした春の日あし

字たらずだが、あるいは「春の日（の）あし」と「の」が入るのかもしれない。春になる昨日までは皺があったが、今日から春になり、何かとのんびりとし、皺も「のび」、ぴんとはっているとする。「のんびり」に「のび」をひびかせ、「春」に「張る」を掛けたところが面白味。

大晦日は、西鶴『世間胸算用』に描かれるように、借金取りなどで悩むことが多かった。左源次の家集の一本には、作者不明の

びんぼうの棒が次第に長くなりふりまはされぬ年の暮かな

が書き込まれている。年末、お金の工面がつかないことを上手に詠んでいる。このように年末は「ふりまはされる」ものであった。左源次の狂歌に次のものがある。

掛乞唱万歳
日のうちに残らずかけを取り済みて　嬉しや今宵万年といふ

年末、「掛け乞」（借金取り）に借金をすべて返して嬉しい、今宵は万歳といおう、という意である。「きのふ迄」の狂歌の「顔の皺」は「眉間に皺を寄せる」と同意で、悩みをかかえている様であろう。その悩みとは借金で、それが解決したからのんびりしているのである。

雨中落花

花の父母は思ひの外に小桜を　たたき散らしてふむ雨の足

「花の父母（ふぼ）」とは、植物を潤し、花を咲かせる雨や露をいう。本来は植物を養うものだが、意外にも、雨足によって、小桜が踏み散らされているとする。

現代では、親が子にする虐待の事件がしばしばマスコミにとりあげられている。風刺・皮肉ととれば、虐待を雨にたとえたと解釈できるが、現代ではなく、江戸時代の詠作なので、あえてそうした解釈はしなくてもよい。

雛の前に井筒を拵へ井筒を汲むやうにしたるあるに
筒井筒井筒にかけし雛の酒　酔にけらしな人見ざるまに

三月三日の節句のおり、雛飾りの前に、井筒が設けられ、そこで白酒（雛の酒）を飲めるようにしていたと思われる。白酒は甘酒と異なり、アルコール飲料である。『伊勢物語』や謡曲「井筒」で知られる次の和歌をもじった。

筒井筒　　　→筒井筒
井筒にかけし　→井筒にかけし
まろがたけ　　→雛の酒
過ぎにけらしな　→酔にけらしな
妹見ざるまに　→人見ざるまに

雛の酒を、人が見ていないうちに（たくさん）飲んで酔ってしまったことだよ、の意。
「雛の酒」は、『誹風柳樽』にも
雛の酒茶碗で飲んで叱られる（六編）

雛の酒みんな飲まれて泣いている（七編）

と詠まれている。「雛」という雅の場に、俗な酒好きの人をからめて笑いに結びつけるのが定番である。

【夏】

夕立

万民の菩薩が降ると夕立や　今ぞ百目に五穀成就

農作物を育てる雨は、農家にとっては菩薩様のように恵みの雨であり、それが降ると作物が、今こそ「百目」（百匁）になり五穀豊穣となるの意である。「万」「百」「五」という数字を入れ込んだところが面白味。

群蚊

鯨波（げいは）つくる蚊は相撲場のごとくにて　腕をさひたり足をかいたり

「鯨波」は多くの人がいっせいにあげる声で、ここは多くの蚊がいっせいに飛ぶ音を表現している。相撲を取るときに、相手に腕をさしたり、足を掛けたりするが、蚊に腕をさされたり、さされた足がかゆいのでかいたりする、という意。

なお浮世絵に多く描かれるほど相撲は人気があった。左源次も相撲に関心があったようで、次の狂歌を詠じている。

小野川谷風の追善

名に立ちし小野川も又谷風も　弥陀の力にすくひ取らるる

小野川と谷風は、寛政時代の代表的相撲取りである。強いことで有名だった。その強い二人も、仏様の力にすくいとられた、の意。「すくい」に「（仏の）救い」と「（足などを）すくい」が掛けられている。

御祓六月二十九日に

今日こそはうさもつらさもないはらひ　まづ酒樽のあきの初風

一年のうちの半分が終わる六月晦日、それまでの半年分の穢れなどを祓う行事を「水無月祓」「夏越しの祓」といった。「あき」に「（酒樽の）空き」と「秋（の空）」がかかっているところが面白味。

【秋】

七夕に酒飲みて

今宵こそ手向けのための酒なれば　大さかづきをほしあひの空

七月七日の節句の日の狂歌である。「ほし」に「欲し」「（飲み）干し」と「星（合）」を掛ける。「星合」は星があう、すなわち彦星と織姫があうということで、「星合の空」

は七夕の日の夜空である。彦星、織姫に供えるための酒なので、普段使っている盃ではなく、大きい盃が欲しい、それを飲み干したいというのである。

「雛の酒」もそうであるが、行事に酒は付きものである。その酒をからめた「笑い」は、かつて漫画『サザエさん』などにも見られた。ただし、酔ってしでかしたことが、場合によっては犯罪とみなされるようになってから、「笑い」に酒が用いられることはかなり少なくなった印象がある。

十六夜

雲晴れていざよひ月よ出て見よと　すすきがまねく武蔵野の原

藤原定家に次の詠歌がある。

めぐりあはむ空行く月の行く末もまだはるかなる武蔵野の原（『新千載和歌集』）

このように「武蔵野の原」は「月の名所」であった。有名な武将伊達政宗も

出づるより入る山の端はいづくとぞ月にとはまし武蔵野の原

と詠んでいる。むろん江戸時代には開拓され、それ以前とは異なっていたが、詩歌など雅な世界では、かつてのイメージで詠まれる傾向があり、江戸時代に多く制作された「武蔵野図屏風」も定型化されている。左源次もそうした伝統を踏まえて詠んでいる。

「十六夜（いざよい）の月」は旧暦八月十六日の夜に出る月である。その「いざよひ」に「良い」を掛け、「月よ」に「夜」を掛けている。

花札の八月の札「月にすすき」からもわかるように、月とすすきは付きものである。

また芭蕉に

何事も招き果てたるすすき哉（『続深川集』）

があるように、すすきが風になびくさまは、人を招いていると表現されることが多い。

雲が晴れたので、十六夜の月よ、出てきなさい、武蔵野の原ですすきが招いているよ、との意で、雅な狂歌である。

御代の月見

物音は月にささめて声ばかり　太刀より大豆のさやをはづして

「御代」のイメージについては、先にも記したが、「平和な世の中である」と捉えられていた。例えば左源次に次の狂歌がある。

寄駱（むじなによする）恋

松が根の岩間をつどふ苔むしな　曇らぬ御代は化る間もなし

曇らぬ御代だから、駱が化けて人をだますこともないように、あなたをだましたりしない、という意である。

さて、狂歌であるが、「ささめ」は私語。旧暦の九月十三日の夜は枝豆を供えて月見をすることから、「豆名月」とも称される。

平和な御代に美しい月を見て、ひっそりした話声しかしない、戦さがないので太刀を鞘からはずすことはなく、その代わりに、さやから豆をはずして食べながら（月見をしている）、の意である。

名所月

その原の木賊（とくさ）でみがくのみならず　田毎（たごと）の水にさらしなの月

歌題にある「名所」は、ここでは「更科（更級）」である。信濃国（長野県）にあり、月の名所として知られた。左源次は次の狂歌も詠じている。

月見に来よといふ紙面越しけれども、気滞にて、予、行く事を得ず。会を延ばし給はれ、といふ事を返事に

いざよひといふ時月見信濃なる　われをば捨の心ならずば

更科に姥捨山があることをふまえたものである。

また、更科にある姨捨山の麓の水田の一つ一つに映る月を「田毎の月」といって、「名月」として鑑賞され、浮世絵にも描かれている。芭蕉も

この蛍田毎の月とくらべみん（『三つのかほ』）

と詠んでいる。

「木賊」は植物で、鑑賞される他、その茎は物をみがくのに用いられた。また謡曲『木賊』は、都の僧が、父に会いたい少年を連れて信野国に行き、木賊を刈る父にあう、という話である。

その原にはえている木賊でみがかれ、さらに田毎の水にさらされた、更科の月だから美しい、という意である。「さらしな」に「更科」と、「（水に）さらし」を掛ける。

【冬】

木枯らし

みそさざゐ鳴くやへたりとひとなめに　時雨て庭の木々は擂粉木（すりこぎ）

「木枯らし」は秋の終わりから冬のはじめに掛けて吹く風のことで、冬の季語である。ミソサザイは小鳥の名で、冬は人家に近い所で鳴き、冬の季語でもある。「へたり」は「べたり」とも読めるが、ひとなめなので「べたり」より粘度が低く感じる「ぺたり」とすべきか。「みそさざい」から「味噌」を連想して「(味噌を)ひとなめ」を用い、ミソサザイが鳴き冬になった、木枯らしが、味噌をひとなめするように、一度吹いただけで、とした。「時雨」もやはり秋の終わりから冬のはじめのもので、通り雨のように降る雨で、冬の季語である。その時雨が降って、木の葉が落ちて、庭の木々は擂粉木のようになった、とする。擂粉木は、すり鉢で食材をすりつぶしたりするときの棒のことである。歌題が「木枯らし」にもかかわらず、狂歌に「木枯らし」という言葉は用いられていないが、女房詞で木枯らしのことを擂粉木といった。それをふまえたところが、この狂歌の面白みである。

名所凩

一しぐれ時雨て木々はまずはだか　みも湯殿の山のこがらし

歌題に「名所」とあるので、狂歌に詠まれた「湯殿の山」は、修験道で有名な出羽三山の一つの湯殿山であろう。

湯殿山で木枯らしが吹くころ、一時雨するたびに木々は裸になっていき、木の実が落ち転がるように、自分の身も裸になって、転がるように急いで湯に入る、といった意。「み」に「（木の）実」と「（わが）身」を掛ける。

庭の落葉

初時雨庭のいろはのちりぬるを　さつと一筆かきぞ集むる

表の意は、初時雨のために、庭の色づいた葉も散ったが、落ち葉は、さっと一回でかき集めることができた、である。

家庭教育を「庭訓」といい、一般には最初に平仮名を覚えるために「いろは歌」を学習する。手本となるテキストは、出版物もあるが、教える者が手書きで作成することも多かった。初めて学習する「いろは歌」をさっと一筆書いたのが教える側だったのか、教えられる側だったのかはわからないが、そのことが裏の意としてこめられている。

「初時雨」の「初」にはじめての学習を暗示させ、「色葉の散りぬる」に「いろは歌」の「いろは（にほへと）ちりぬるを」を掛け、「かきぞ」に「掻き」と「書き」を掛け、技巧的によくできた狂歌といえよう。

山の初雪

山姫のお紅粉（べにこ）なるか散り残る　紅葉に雪の薄き粧（けはひ）して

「山姫」は山奥に住む女の妖怪で「山女」ともいい、鳥文斎栄之『模文画今怪談』にも登場する。古くは『源氏物語』（総角巻）に

同じえをわきてそめける山姫にいづれか深き色ととはばや

とあるように、山が紅葉になるのは、山姫がなしたことと考えられもした。左源次とほぼ同じ活動時期で、三大狂歌師の一人ともされる唐衣橘洲（一七四四〜一八〇二）は

見渡せば皆紅葉する山姫にあかの他人は松ばかりなり（『狂歌才蔵集』）

と詠じている。

「初雪」なので、大雪ではなく、うっすらと降る程度のため、まだ散り残る紅葉を覆い隠すほどではない。その紅葉を「山姫のお紅粉」としたところが面白み。音数もあったのであろうが、「紅粉」とせず「お」を付けたところに滑稽味があるといえようか。

初雪

木々に咲く花かと見へし初雪に　今朝の日足で踏み散らしけり

日足（日光）で花が散るように初雪が解けるさまを、足の縁語で「踏み散らし」とした。「木々に咲く花」という〈雅〉を「踏み散らす」と〈俗〉で受けたところが滑稽味となっている。初雪を花に見立てることは多くある。木々に咲く花が散ったかのようにみえた初雪が、地面に降り積もるが、あっというまに溶けてしまうということである。

8 〈屁〉詠

役者の室井滋氏が『富山新聞』に「瓢箪なまず日記」を連載している。二〇二二年二月二日には「おなら」が取り上げられており、

日本の昔話や民話にはおならを題材にしたものが数多く残っている。

と述べられている。

「おなら」はもともと女房詞で「お鳴らし」に由来し、「屁」よりは上品な表現である。公共の場でするのは、音と悪臭からマナー違反とされる。戦国武将千葉邦胤（ちばくにたね）が新年会でおならをした家来を叱ったために恨まれて、その家来に殺されたという話が『千葉伝考記』に載る。室井氏もあげられているように、江戸時代、「屁負比丘尼」（へおいびくに）という職人がいた。良家の妻女、あるいは娘などにつき添い、もしおならをしたら、身代わりになって「自分がおならをしました」という職人である。

古くは御伽草子『福富草紙』に屁を放つ翁が登場しており、昔話や民話に限らず、おならを題材にしたものは多く、放屁の合戦の絵などもよく描かれており、狂歌師四方赤良などは「放屁百首歌」を詠じている。

江戸時代の滑稽を扱うときには、「屁」ははずせないことなので取り上げておくが、いわゆる下ネタよりはましにしても、現代であれば下品な笑いであるので、こうしたことに眉をしかめられる方はここをとばして、次に進んでいただければと願う。

放屁

今こくといひしばかりに長こきの　あるだけの屁をこき出るかな

『小倉百人一首』所載歌のもじりである。

今こんと　↓今こくと
いひしばかりに　↓いひしばかりに
長月の　↓長こきの
ありあけの月を　↓あるだけの屁を
待ち出るかな　↓こき出るかな

長い屁をこく、ということをうまく詠み込んだ狂歌といえよう。

くつすりへ
もろともに哀れと思へくつすりへ　鼻より外に知る人もなし

この狂歌も『小倉百人一首』所載歌をもじったものである。

もろともに　↓もろともに
哀れと思へ　↓哀れと思へ
山桜　↓くつすりへ
花より外に　↓鼻より外に
知る人もなし　↓知る人もなし

先の狂歌にはほぼ各句にもじりがみられたのに対し、これはもじりが二句だけである。「くつすりへ」は辞典類に掲載されない言葉で、「くっすり屁」なのか「ぐっすり屁」なのかわからない。「くつすりべ」と濁点をつけた写本もある。「くつすりへ」の意味は、音はしないが、臭いのする屁「すかし屁」といわれるものであろう。『徳和歌後万載集』には

すかし屁の消えやすきこそあはれなれみはなきものと思ひながらも

とあり、よく用いられたことばである。

卯辰来教寺、振袖の女参詣するを、美なるかな、とながむる人々の内に、ぶっと屁をはなつ、人々に

振袖の菩薩もここに来教寺　じやうぶつと屁をこくたつの縁

「卯辰来教寺」は、卯辰山の麓にあり、左源次は次の狂歌も詠んでいる。

卯辰来経寺の毘沙門天にて

毘沙門は福の神なる証拠とて　使者の百足もおあし沢山（たくさん）

（毘沙門天の使いとされるムカデの足を、金銭の意味の「おあし」に掛ける）

左源次がよく訪れた寺院と思われる。

「振袖」の独身娘が参詣するのを、「美しい」とながめていたら、複数の人がいるにもかかわらず、「ぶっ」と屁をしたので、左源次が一緒に見ていた人たちにむかって詠

んだ狂歌である。先に「屁負比丘尼」のことを述べたが、美しい、若い娘が人前で音を出して屁をするのは、はずかしいものであり、目立つものであったことがわかる。

狂歌は、振袖の菩薩のような人がここ来教寺に来て、「成仏」を唱えて「ぶっ」と屁をこくのも、卯辰来経寺の縁であろう、といった意。「来教寺」と「来る」、「仏（ぶっ）」と屁の音「ぶっ」が掛けられている。

『文藝春秋』二〇二二年二月号に、筒井康隆「『美女』は消えますか？」が掲載された。それに
聞くところによると、いまは「美人」「美女」という言葉は、「ルッキズムだ」ということで、使いにくくなっているそうですね。このルッキズムというのも変な言葉ですが、外見至上主義とか、外見にもとづく差別や偏見を意味するのだとか。

とある。もし、この狂歌が最近詠まれたならば、「未婚で美人の女性が人前で屁をこくことを詠んだものであり、問題がある」とされるだろうが、過去にこのようなことがあったという、単なる事実として受け止めていただければ幸いに思う。

ある人の娘、いもながしの祝の日、行きけるに、あまりかるき疱瘡にて、予、
知らずありければ

いつ済んだぶうともいはず音もせず　いもはおならの仲間なれども

「いもながし」は、疱瘡にかかった人が、それを軽くするために疱瘡神を送り出すおまじないをすることである。古くは疱瘡を「いも」といった。疱瘡にかかった娘が、軽い症状だったので、それに気が付かず左源次が詠んだ狂歌である。

いったいいつ済んだのか、ぶうともいわず、屁の音も音信もない、芋はおならの仲間なのに、といった意。「いもながし」から「芋」を連想した。かつては芋を食べておならが出る、という笑いは多かった。

つれ同志いろいろ笑ひを催し行くうちに赤川といふところに奈良漬の看板出
候所にて

やけつけて赤顔なりし旅人の　今朝からきこへおならづけかも

先に旅先の狂歌をとりあげたが、おならが詠み込まれているので、ここにあげる。「赤川」は特定できないが、道中をともにする者と、笑いあうようなことをしながら旅をすることがあったことがうかがわれる。奈良漬は酒麹で付けるので、食べすぎると、人によっては酔っぱらう。旅中の日焼けで赤くなったのだが、その理由は奈良漬を食べたからとした。また「きこへ（お）奈良漬」は有名な奈良漬の意だが、おならが聞こえるを掛けて、はずかしくて赤くなったともする。

わたくし事だが、恩師棚町知弥先生は下戸で、よく「奈良漬を食べても赤くなる」とおっしゃっていた。昭和のはじめに生まれた方には、よく使われた慣用表現であったようである。

越後高田にてそばを多くくひて放屁出ければ
そばのへの音も高田の馬ならで　におふもあり荷おはぬもあり

同じく旅中のもので、越後国高田で詠まれたものである。高田駅で、荷物を運ぶ馬が少なからずいるが、荷を背負っている馬も、背負っていない馬もいる。そばを食べて出る屁も、臭うものもあるし、臭わないものもある、という意。「高田」に「(音が)高い」を掛ける。また「におう」に「荷負う」と「臭う」を掛けた。

綿抜蔵『狂歌百人一首図絵』より

9　狂歌の効用

【笑門来福】

「笑い」は現代ではかなり限定的な意味で用いられることが多い。もともと「楽しい」ことを表すものでもあった。狂歌の「笑い」にはそうした性格があった。

かつて正月の遊びの一つに「福笑い」があった。その起源は定かではないが、江戸時代後期には遊び始められたようである。目隠ししたプレーヤーが、輪郭だけ画かれた顔の中に、切り抜かれた目、鼻、口などを置いていく遊びで、滑稽な顔立ちになったものを笑って楽しむというものである。輪郭だけの顔は、「お多福」が多かった。最近はポスターなどで見ることはあっても、実際に楽しんだという話を聞かなくなったのは、他の遊びの方が楽しいからだけでなく、変な顔だと笑うことが許されなくなったことが一因ではないかと邪推している。

むろん単なる遊びとしてもおこなわれたのであろうが、背景に「笑門来福」、「笑う門には福来る」ということわざが示すように、楽しく過ごし、笑いの絶えない家には幸福が来ると信じられていたことがある。一年の始まりから福が来ることを願い「福笑い」がなされたという一面もあったのである。
実は左源次の狂歌にはそうした効果があると信じられた。

剱先の辻に住む人、予に蕎麦きりをくれ、仕合せよき様に一首とあるに
仕合せのぞろぞろそばへ廻りくる　ここぞ破軍の剱先の辻

「剱先の辻」は、現在の「賢坂辻」（金沢市）である。そこの住人が蕎麦切りをくれ、その代償として「仕合せ（幸せ）」があるように狂歌を請うたのである。狂歌＝笑い＝幸せ、と考えてよいだろう。なお「蕎麦」ではなく「蕎麦切り」という場合は、食べるにあたって「悪運がそばに来ることを切る」の意を込めることがある。
北斗七星の七番目は「破軍」といい、柄杓の柄の部分の先端の星である。これを剣先に見立てて、この星のさす方角を凶とした。狂歌は、ここは北斗七星の剣先である破軍ではないが、釼先の辻である、自分には蕎麦切りがめぐってきたが、あなたには幸せがぞろぞろお近くにめぐってくることだよ、の意。「そば」に「蕎麦」と「傍」を掛ける。「ここぞ破軍」に「そば」を意識していたかもしれない。

【出産祈願】

黒見氏、時ならず松葉するめ、巻するめ居間にありて、予と一首寿き、一子ある様に祝してくれよ、とあるに

岩田帯くるりと服に巻するめ、色十返りの松のみどり子

「松葉するめ」は、烏賊を干して作られたもので、今は単に「するめ」という。「巻するめ」はそれを巻いたもので、祝儀の飾り物である。

居間にあるのは、「時ならず」とあることから非日常であることがわかる。「するめ」は結納品のときには「寿留女」の漢字を当て、嫁の〈寿〉を願う縁起ものであることから、ここでも婚礼等にかかわるものと思われる。考えられるのは、黒見氏が嫁を迎えた、黒身氏の息子が嫁を迎えた、黒見氏の娘が嫁にゆくの三つである。

跡継ぎができなければ家の存続がなされず、子なき妻は離縁されてもいたしかたがない時代だったことを考えれば、子ができることを願って当然であろう。すなわち出産を祈願した狂歌である。

岩田帯は、妊娠したときに巻く帯で、「(帯を)巻き」と「巻き(するめ)」を掛けた。「十返りの松」は長寿をあらわし、松の色は緑、「みどりご」は生まれたばかりの子(嬰児)の意。当時は今に比べれば死産の子は多く、出産しても無事に育たない子も多かった。だから「十返りの松」を出したのであろう。妊娠して、岩田帯をくるりと巻いて、長生きの子が生まれる、の意である。

なお結納品は縁起がよいものという理念は共通するが、どうして縁起がよいかは、必ずしも全国共通ではない。したがって加賀地方でなぜ「するめ」が縁起よいかは断定できないが、烏賊は足が多いことから、子だくさんなど繁栄を意味している、という説があるので、右の狂歌もそれを背景にしているかもしれない。

【腎気をしずめる】

人々に狂歌を進むるに能書きを配るごとくにまき散らし侍るを
能書きのやうにくばれる狂歌こそ　気腎をしづめ心すずしむ

ここでの「能書き」は、薬の効能書きのことで、薬そのものも意味していよう。薬には、効能書きがついているが、その効能書きのように書き記された狂歌には、心を静めさせて慰める効能がある、という意である。現代でも、「笑い」が健康によい効果をもたらすことはしばしばいわれる。左源次がなぜ狂歌を詠むのかという理由の一つがうかがわれよう。

渡辺氏気腎の痛と聞きて
綱殿の威勢が今にあるとても　あまりきじんの痛め給ふな

漢方薬の一つに「牛車腎気丸」がある。腎虚に効くとされる。腎の病で痛みをともなうとすれば、節々の痛みであろうか。

狂歌は、姓の「渡辺」から、鬼の手を切ったことで有名な「(渡辺)綱」を出し、「気腎」に「鬼神」を掛ける。渡辺綱の威勢が今にあったとしても、綱が鬼神を痛めつけたように、あなた様は気腎を痛めなされますな、の意。むろんお見舞いのつもりで詠んだものであろうが、「気腎をしづめる」つもりでなされたと考えられる。ついでながら、渡辺氏に関しては、もう一首狂歌が詠じられているのであげておく。

又渡辺氏、文を好むに、よき幸せありければ祝して

鬼の手を窓より取つてのたまはく　この人にして果報ありとぞ

先と同じく「渡辺」から渡辺綱の切った「鬼の手」を出した。前書きの「文」は漢籍のことで、そこから漢籍によくみられる「のたまはく」を出した。『論語』にある「この人にしてこの疾(しつ)あり」の「疾」を「果報」としたのではなかろうか。ちなみに「この人にしてこの疾あり」は江戸時代にことわざ的に用いられ、咄本『詞葉の花』(一七九七年)には

先生腎虚して不善をなす。まことに疲たる君子となりたまふ。この人にしてこの
疾あり。

とある。

【厄落とし】

福を招くというだけでなく、笑いには「厄落とし」ともいうべき効能があると信じられていた。

ある人、元日で夢に、蜥蜴（とかげ）といふ虫背中へ落ちたり、と見て気に懸け、一首祝してくれよとあるに、鳥一つがひを一懸、二懸といふなれば

仕合せや羽がひ重ねやとかげまで　背中に落つる女鶴来て舞ふ

ある人が、元日の夢で「蜥蜴が背中に落ちた」夢をみた。夢は予兆であるとも信じ

られており、このある人は悪いことがおきる予兆と考えたのであろう。だから気にかかって、「一首祝してくれよ」と左源次に依頼したわけである。この場合の「祝す」はお祝いしてくれというのではあるまい。神仏に祈る、という意味であろう。狂歌をもって神仏に何を祈るかといえば、悪いことがおきないようにということである。いわゆる「夢あわせ」の一種ともいえ、厄落とし的な意味もあったと思われる。

左源次は、くわしく説明した前書きはあまり書かないが、ここでは鳥のつがいの数え方を「一懸（ひとかけ）」「二懸」というと説明している。あまりなじみのない数え方なのであろう。これを用いて「蜥蜴」を「十懸（とかけ）」に転じた。そして、めでたい鶴を出した。「落つる」に「男鶴」を掛け、「女鶴」と共につがいで舞うとした。

狂歌は、鶴のつがいが十組もあなたを羽交いして、しかも背中で男鶴と女鶴が舞うなんて、なんと幸せなことよ、といった意。

大晦日の雪、明け方に死して人の腹にやどりたり、と夢見て、正月心地なく、
気に懸るとて一首頼み越しける
夢に死して生れかはりて目が覚めて　をぎやあの年に立ち帰る春

大晦日の雪の日の明け方、死んで他人の腹に宿る、という夢を見て、正月、気分が悪く、気にかかる、ということで左源次に狂歌を依頼した。「死」というところに着目して、前の狂歌と同様に悪いことがおきないように願っての事であろう。

狂歌は、夢で、死んで生まれ変わったというところで目が覚め、赤ん坊が生まれたように、新たな年を迎えた春であるよ、といった意。「死」ではなく「生」に着目した。「年立ち返る」で年が改まる意だが、この狂歌では「をぎやあ」（産声）としたところが面白みである。

年頭出初に、足駄の欠けたるを気に懸けし人に
あら玉の年の始の吉左右や　千代万世をかけていわはん

江戸時代には、雨や雪が降ったりしたとき、いわゆる雨具として「足駄（あしだ）」を用いた。足駄とは、高い歯の下駄である。

年頭、初出勤のさいに、雪か雨のため、足駄をはいたが、その履物の歯などが欠けたため、縁起が悪いと気にしている人を慰めるために詠んだ。足駄なので「左右」を詠み込み、「吉相」を掛け、「欠けて」を千代万世を「かけて」と取りなした。

また家集では右に続いて、次の詠歌が載る。

その内室、初春に歯落ちければ、これをも祝して、その子に代り誦侍る

父は亀ははおつるとはいく久し　さても歯性のよはひ長さよ

「ははおつる」は「歯は落つる」と「母お鶴」を掛け、長寿を象徴する「亀鶴」から「いく久し」とした。「よはひ」で「弱い」を「齢」に転じて祝した。

【なぐさめ】

夏清といふ商人、祭礼の用意とて鮒をいけありけるを、猫にひかれしとて、
その妻、予に一首よみて夫の機嫌を直しくれよと言ふに

祭とて小鮒はおどる猫はひく　鼠はかたる亭主もうくる

祭礼のおりの食事のために鮒を生かしたままにしておいたら、猫にとられて機嫌を悪くしたので、その妻が機嫌を直してください、といわれて詠んだ狂歌である。狂歌によって機嫌が直ると思われていたのである。二〇二二年一月十三日『北國新聞』朝刊掲載「羽咋2万人割れの先に③」に

ほんの10年ほど前まで、羽咋の各地で寒ブナのあらいを味わうことができたらしい。しかし漁師の減少で漁獲が減り、扱う店は減った。

とあるが、写本によっては「祭礼に吸物にせんとや鮒を用意し置きたるを、猫にひかれて脱るなれば気にかかると云ふに祝して」とあるので、鮒はあらいではなく吸い物

用であったらしい。
狂歌は、お祭りなので、小鮒が踊り、猫は楽器を弾き、鼠は歌詞を語る。亭主がもうすぐ来て、儲かる、といった意。夏清は商人なので「もうくる（儲ける、用意する）」を用いた。鼠は大黒様のお使いとして縁起が良い。なお『源平盛衰記』に平清盛の栄華を猫が予告しているので、ここもそうした意味があったのかもしれない。
ついでながら前書きに「機嫌を直す」とする次の狂歌もある。

紺屋、染物を色を取り違ひて越しければ、その主人立腹していきまきけるに、
　一首にて機嫌を直し侍る

いろ事でとそつけたるはゆるせかし　薄いとこひの道は格別
（「こひ」に「恋」と「濃い」を掛ける）

以上のように、狂歌には凶を吉に転じ、災いにあった人の機嫌を直す力がある、と考えられた。だからこそ詠まれたのが次の狂歌である。

村井家に雷落、焼失の砌

さ村井の家の栄ふるしるしには　神は天から鳴りて御雷火

村井家に雷（神鳴り）が落ちて焼失とあるが、被害の程度はわからない。ただし、家が一部にしろ全部にしろ焼失して、機嫌のよい人は、そうそうはおるまい。火事見舞いとして送った狂歌と考えられる。

狂歌は、「さ村井」に「士（さむらい）」と「村井」を掛ける。「御雷火」は「御来光・御来迎」をもじったものである。「神は天から」は、この神が天神であることを示す。天神は雷神でもあった。藩主前田家が菅原道真を祖先とし、道真は天神となるので、謡曲「雷電」は加賀藩士にはなじみのあるものであったと考えられる。

狂歌の最初にある「さむらい（加賀藩士）」が重要で、士の村井家が栄える証拠として、藩主の祖先である天神が雷として降りていらっしゃった、という意である。天神に関連して、一首以下にあげておく。

小林氏鎮守天神の祭礼に行きて奉納

緑そふ松の小林宮居して　こしにきた野の神の尊き

鎮守天神とは、田井菅原神社であろう。富樫義親が京の北野天満宮より勧請したという由緒がある。江戸時代は、前田家祈願所とされ、城郭の鎮守と定められている。「こしにきた」に「越（の国）に来た」と「北（野）」が掛けられている。先の狂歌では「村井」が詠み込まれていたが、ここでは「小林」が詠み込まれている。

【追悼】

憶測にしか過ぎないが、現代ならば「ふざけているんじゃない！」と言われて、受け入れられない、と思われるものに、亡くなった人への追善の狂歌がある。以下、それをみていく。

湯原氏隠居の追悼

千金のかへがたき身も痛はらや　たんだ五りんに成り給ふとは

「痛はらや」は「腹痛」と「自腹を切る」の意を掛ける。「たんだ」は「ただ」を強めていう語。「五りん」は「五厘」と「五輪」（卒塔婆）を掛ける。値千金の、かえがたい身もいたわったが腹痛で死に、五輪になってしまい、千金の財産も自腹を切ってはらい、残りはたった五厘になられてしまうとは、の意。「千金」と「五厘」が対となる。

宮崎氏隠居追悼

からくりがばつしり切れてそりやぐわたり　横にころりと念仏の声

からくり人形の糸が切れる音「ばっしり」、倒れる音「ぐわたり」、人が横たわるさま「ころり」を詠み、「り」の音を重ねた。「ころり」には、たやすく死ぬ様の意も掛ける。

賀来氏追善　如是本末究竟等の心を

人の命さじですくひしぬしが今　釈氏にすくひ取られける哉

「賀来氏」とは、藩医賀来元達（一八一〇年没）であろう。「如是本末究竟」は『法華経』にとかれる「十如是」の一つで、平等をあらわす。

「さじ」は、薬を容器から移したりするときに用いる匙である。「匙加減」ということばは、ここから来ている。医師であるから、薬匙で薬を移したりして人々のことを救った。「釈氏」はお釈迦様のことである。「さじ」と「釈氏」は音が似ており、医師は匙をつかって人々を救ったが、その医師はお釈迦様にすくい取られてお亡くなりになった、という意。上句と下句の対比がすぐれた狂歌。先にあげた谷風らの追善の狂歌に用いられた掛詞がこの狂歌でも使われている。

なお左源次と玄達は親しく、玄達が左源次邸を訪れたさいに万古焼の茶碗でお茶を出した時の狂歌、息子玄兆が召しだされたときの祝いの狂歌、家来のことを詠んだ狂歌などがあるが、ここでは以下に二首あげておく。

賀来氏の狂歌をほめて

世の中にかくも上手のあるものか　ほに元達人の歌よさぞさぞ

（名前の「元達」と「達人」を掛ける）

狂歌には誰にも頭の左源次が　鼻で地を掘り腰もぬかして

（「頭をさげ」と「左源次」、「堀り腰」と「堀越」が掛詞）

京五といふ狂歌師の追悼

なき人の跡とふ山の初時雨　鹿も片顔ぬらしてぞなく

京五なる狂歌師が初冬に亡くなったので、初時雨で悲しみの涙を表現した。『小倉百人一首』所載の「奥山に紅葉踏み分けなく鹿の声聞くときぞ秋はかなしき」を背景に、花札の「鹿札」の絵をイメージして「片顔」（顔の半分）を涙で濡らすとしたところが面白味。

近藤氏、およそとなんいへる息女を去りけるに追善
仮の世の名はよそにして露と消え　露とぞうかむ蓮の台に

正確なことはわからぬが、蓮の花は新暦で七月頃咲き、また

近藤氏末息女四十九日追善

汗水の暑さを流す手拭ひに　紛らかしてぞふくこぼしけり

女性の名に「お」を付けることは、夏の初頭に亡くなったのではないかと思われる。
と左源次が詠じていることから、江戸時代しばしばある。死んだ息女「およそ」は「よそ」とも呼ばれたと考えられ、名前「よそ」と「余所」を掛けている。「露と消え」ははかなく死ぬこと、「蓮」は極楽浄土に咲く植物で、蓮の露として浮かぶとは、極楽に往生するということである。仮の世の名「およそ」は露のようにはかなく消えて死に、来世では蓮の台の上の露となって極楽往生する、の意。

なお津幡を代表する俳人河合見風（一七八三年没、七十三歳）が、女性の名を詠み込んだ、現代的視点からすればきわどい狂歌を残している（『政隣記』）。左源次が自分の名を詠みこんだ狂歌はこれまでにとりあげたが、男性に限らず女性の名も狂歌に詠み込むことはよくあったことと思われる。

ある人みまかりて後、百八日なりけると聞きて
なき人の日をかぞふれば百八の　数珠玉程のなみだこぼるる

仏教において「百八」は意味があり、煩悩の数を示す。宗派にもよるが、数珠の玉の数は一〇八個を基本とする。亡くなった日から数えて今日は百八日めで、私は悲しみのために数珠ほどの大きい涙を流す、という意である。

以上五首の追善歌をどのようにお感じになられただろうか。

左源次には次のものもある。

予が友七回忌に、なき人の跡、遠山の春霞たつや、そとばを七めぐり廻りて、かくすその人の五尺のからだも、たつた五りんと成給ふ事の痛はしさよ

雪仏きへてあはれや苔の花　調（しらべ）の雨の古塚の上

友人の七回忌、亡くなった人の跡を、遠山の春霞がたつころに、卒塔婆を七回廻った、そこに隠れた亡き人は、もとは五尺であったのが五輪となられたことがいたわしく詠んだ。雪仏は春になって解けて消え、哀れなことだ、月日がたち、亡き人の埋まった古塚の上には、苔の花が咲き、音を奏でる雨が降る、という意である。「（雨が）降る」と「古（塚）」が掛詞。左源次の家集におさめられているが、これは狂歌といえようか。哀切感込められたすぐれた追善の和歌ともとらえることができる。こうした和歌を詠むことができるにもかかわらず、なぜ左源次は先のような狂歌を詠むのか。その答えは自らが述べている。

追善

左源寺が仏の経は読まずして　おどけの興を詠みて手向けよ

「手向けよ」とする写本と、「手向ける」とする写本がある。「よ」なら自分の追善、「る」なら他人への追善となろう。

自分（もしくは他人）の追善の折に、自分の名「左源次」の「次」を「寺」として、仏の経ではなく「おどけ（滑稽等）の興」すなわち狂歌を詠んで手向けよ（もしくは手向ける）と詠んでいる。現代の、公的放送上の「お笑い」の変化や扱いをみる限りでは、左源次の考えを受け入れられない人は多くいると思われる。

しかし、二十五年ほど前、板坂元氏は「お通夜の晩に、酒盛りをしてドンチャン騒ぎをする地方は少なくない。そういう笑いは（中略）それなりに意味のあることだと思う」と述べられている（『発想の智恵 表現の智恵』一九九八年、ＰＨＰ研究所）。かつては、故人は生前にぎやかなことが好きだったのでという理由で、お通夜などをしめやかではなく、にぎやかにする、という演出の映画やテレビドラマが複数あった。それに通ずる狂歌である。

左源次は、あるいは本質的におどけた人であったかもしれないが、狂歌を見る限りでは、「おどけ」が必要だと考えて生きていた人だったと思われる。「おどけ」によって他の人の心をおだやかにしたり、言霊の力をもってその場の雰囲気を変えようとしたのではなかろうか。それは「人を救う笑い」といってよいものであろう。その意味で「おどけ」がお経のようにありがたいものであった。加賀地方において一般的だったかはわからないが、少なくとも左源次周辺は、それを受け入れていた。それはまた加賀の化政文化の一端であったと思われるのである。

おわりに

わたくし事で恐縮だが、「新修小松市史」の執筆者の一人であった。その関係で山前圭祐先生から、石川県立歴史博物館が所蔵する『流聞軒其方狂歌日記』の存在をご教示いただいた。それを調べていくうちに、いったい当時の前田家領内における狂歌とはどのようなものであろう、という興味がわき、さらに調べているうちに知ったのが堀越左源次であった。其方の狂歌集は、挿絵が多く、たいへん魅力的なのだが、他に伝本もなく、個人に留まる。これを世に出すことも重要だが、加賀文化史における狂歌を知るにはまず左源次の狂歌であろうと考えた。其方に関しては、将来、誰かが挿絵とともに、一般の人にも利用できる形で刊行して欲しいものである（注）。

ところで、かなり以前、滑稽本『東海道中膝栗毛』に関する本を出させていただいた。その関連で、稲田篤信先生のご紹介で、とある大学の非常勤講師として『東海道中膝栗毛』を講義させていただいた。むろん近世文学を理解するのにはよい教材だが、

「この笑いは、公的にはコンプライアンス上問題がある」といった説明の必要な箇所があまりにも多く、結果として、聴講生はハラスメント等の問題行動を学習する機会にもなった。

勤務先の同僚に真栄城哲也教授がいる。人口知能などを用いた研究をなされている。最近ではディープラーニングの技術などを用い、今後ブレークするお笑い芸人を予測しており、二〇二二年の予測で二位にあげた「錦鯉」のコンビが、その年の十二月十九日に開催されたM-1グランプリで優勝しており、その予測の精度が高いことで知る人ぞ知る存在である。真栄城教授が進めている研究「慢性疾患患者のQOL改善のためのインタラクティブ・パーソナライズドお笑いシステム」のお手伝いをしている関係で、社会における「笑い」のあり方に強く関心を抱いている。

現代社会において「笑い」ははなはだ扱いがむずかしい。「笑い」に対する認識の差は、結果として感情的な議論につながってしまいかねない。二〇二二年二月二十六日『朝日新聞』朝刊「TVフェイス」によれば、フリーアナウンサー進藤晶子氏の好きな言葉は「笑う門には福来る」であり、「がっちりマンデー!!」は「笑いながら楽しく金もうけ情報を提供するコンセプト」とあるが、一般には「笑いながら楽しく」何かをなすことは、なかなかできないのではないか。自身が笑っていることは問題ないが、関係性をもって何かを笑うこと、誰かを笑うことは問題が生じやすい。「笑い」に関しては、越えてはならない一線が、一般人の間近にも迫っており、かなり注意しないとそれをすぐ踏み越えてしまう、というのは思い過ごしであろうか。

むろん、現代人として、その一線を踏んだり、越えたりしてはならないことはいうまでもない。しかし、かつては様々な笑いがあったことは事実である。現代の公的な「笑い」と異なる「笑い」は認められず、消えていくものであっても、その歴史は消されるべきものではあるまい。

その昔、前田利家は若者に「人にあうとき、笑顔はするな」と教えたそうだが、加賀国の人たちは「三年に片頬（かたふ）」にはならなかったようである。本書を通じて、加賀の化政文化では、「笑い」には他人を救うという一面があったということを知っていただき、今の笑いと比較することで「笑い」の多様性について考えていただき、それが「笑いながら楽しむ」生活に結び付くことになれば幸いである。

末尾ながら、出版をお勧めいただいた勝山敏一氏には深謝としかいいようがない。また日頃石川県の情報を提供して下さる越島靖子氏の存在なくして本書が成ることはなかった。感謝の至りである。また『邪々無邪集』をはじめとして多くの史料を調査させていただいた金沢市立玉川図書館近世史料館には厚く御礼申し上げる。

夢見草笑む月の二十五日　綿抜豊昭

（注）其方については、『新修小松市史資料編12美術工芸』（平成二十七年、二百三～二百十二頁）、塩崎久代「「流聞軒其方狂歌絵日記」の世界―城下町金沢の娯楽と信仰―」『城下町金沢は大にぎわい！』（二〇一六年、石川県立歴史博物館）が参考になる。

著者略歴
綿抜豊昭（わたぬき とよあき）
筑波大学図書館情報メディア系教授。
『芭蕉二百回忌の諸相』（共編。二〇一八年、桂書房）
『越中・能登・加賀の原風景―『俳諧白嶺集』を読む―』（二〇一九年、桂新書）
『明智光秀の近世―狂句作者は光秀をどう詠んだか―』（二〇一九年、桂新書）他。

桂新書18
加賀の狂歌師 阿北斎
定価 八〇〇円＋税
二〇二二年五月三〇日 第一刷発行
著　者　綿抜豊昭
出版者　勝山敏一
印　刷　モリモト印刷株式会社
発行所　桂書房
〒九三〇‐〇一〇三
富山市北代三六八三‐一一
TEL （〇七六）‐四三四‐四六〇〇
FAX （〇七六）‐四三四‐四六一七
地方・小出版流通センター扱い

ISBN978-4-86627-117-0

愛読者カード

このたびは当社の出版物をお買い上げくださいまして，ありがとうございます。お手数ですが本カードをご記入の上，ご投函ください。みなさまのご意見を今後の出版に反映させていきたいと存じます。また本カードは大切に保存して，みなさまへの刊行ご案内の資料と致します。

<table>
<tr><td>書　名</td><td colspan="2"></td><td colspan="2">お買い上げの時期
年　月　日</td></tr>
<tr><td>ふりがな</td><td colspan="2"></td><td rowspan="2">男
女</td><td rowspan="2">西暦
昭和　　年生　歳
平成</td></tr>
<tr><td>お名前</td><td colspan="2"></td></tr>
<tr><td>ご住所</td><td colspan="4">〒　　　　TEL.　　（　　）</td></tr>
<tr><td>ご職業</td><td colspan="4"></td></tr>
</table>

お買い上げの書店名　　書店　　都道府県　　市町

読後感をお聞かせください。

料金受取人払郵便

富山西局
承　認

742

差出有効期間
2026年
6月30日まで
切手をはらずに
お出し下さい。

郵便はがき

930-0190

（受取人）

富山市北代3683－11

桂　書　房　行

下記は小社出版物ですが，お持ちの本，ご注文する本に○印をつけて下さい。

書　名	本体価格	持っている	注文	書　名	本体価格	持っている	注文
定本 納棺夫日記	1,500円			スペイン風邪の記憶	1,300円		
長い道	1,900円			地図の記憶	2,000円		
越中五箇山 炉辺史話	800円			鉄道の記憶	3,800円		
孤村のともし火	1,200円			有峰の記憶	2,400円		
二人の炭焼、二人の紙漉	2,000円			おわらの記憶	2,800円		
百年前の越中方言	1,600円			散居村の記憶	2,400円		
富山県の基本図書	1,800円			蟹工船の記憶	2,400円		
古代越中の万葉料理	1,300円			となみ野探検ガイドマップ	1,300円		
勝興寺と越中一向一揆	800円			立山の賦ー地球科学から	3,000円		
明智光秀の近世	800円			富山地学紀行	2,200円		
加賀藩の入会林野	800円			とやま巨木探訪	3,200円		
越中怪談紀行	1,800円			富山の探鳥地	2,000円		
とやまの石仏たち	2,800円			富山の祭り	1,800円		
石の説話	1,500円			千代女の謎	800円		
油桐の歴史	800円			生と死の現在（いま）	1,500円		
神通川むかし歩き	900円			ホイッスルブローアー=内部告発者	1,200円		
ためされた地方自治	1,800円			富山なぞ食探検	1,600円		
棟方志功 装画本の世界	4,400円			野菜の時代ー富山の食と農	1,600円		
悪の日影	1,000円			立山縁起絵巻 有頼と十の物語	1,200円		